今天不寫小說

藤井樹的騷

認識你自己

〔推薦序〕

曾經有幾年的時間

曾經有幾年的時間，臺灣的華文愛情小說市場基本上可以說是被我們三個人壟斷，後來的七、八年級長大之後會開始說，我們的小說是他們的青春，而其實當時的我們，也還是很青春。

青

春

。

我們就這樣一路從青春寫到了中年。

沒想到在步入中年之時，我會和其中一位合著散文書，而書裡，寫的是小說之外的我們，我們各自真實人生中的片斷，那些煩惱、困惑，或失落。

而他的名字是吳子雲，以前大家叫他藤井樹，若是談起臺灣網路小說史，他就是那個繞不開的人物之一；而，居然能夠和這樣一號人物合著散文書籍，或許

我上輩子也救過世界吧？

橘子

今天不寫小說 4
——藤井樹的騷

〔藤井樹／自序〕

我不會寫散文

才怪。

散文人人都會寫，只是我比較爽，有機會出版而已。

散文的形式，像是作者穿著薄紗見人，或是穿著內褲半裸奔。

把某些生命的經驗或事件用文字的方式進行分享，那些事不一定跟朋友說過，但選擇寫下來是一種記錄或抒發，只是出不出版是另一回事而已。

散文，大家都把散唸作三聲。

我個人把自己散文的散唸作四聲，因為這些內容大概就是我跟朋友散步聊天打屁時會講的事，簡稱吳子雲的散文。

職業生涯曾經想寫過散文集，但總是下筆就習慣寫成小說體。

對我來說，散文比小說好寫，但小說比較精彩，我總會在兩者之間權衡大概一秒鐘後選擇後者，因此本人的散文集就一直擱置。

這輩子寫的東西實在太多了。

別的不說，光是臉書、部落格、實體週刊專欄、報紙專欄和早期還在BBS站上的數千篇貼文，零零總總，肯定超過百萬字；短如歌詞、新詩或短篇小說數十部，長如長篇小說二十多部、劇本十多部（某些未發表），加上修改的量，肯定也是數百萬字。我大半輩子與文字為伍，跨行跳進影視產業也一樣在寫，只是多了編劇跟導演的身分，但「寫」這件事我不曾停止。

我就是生下來寫的吧，活到現在，再幾年就要五十歲了，我好像早就跳脫「愛不愛寫」這件事了，我活著就是為了寫。

在出版這本散文的同時，我身上還有一部電影、一部影集的劇本，以及欠了如玉不知道已經幾年的長篇小說同時在進行。除了當了爸爸之後，自己也有感覺到寫東西的角度和筆觸有些情感寄託上的變化之外，我還是那個一直在寫的吳子雲，二十多年來，沒什麼不一樣。

雖然我已經完成了我給自己的人生功課：至少留下一部電影和一部影集在這世界上，我好像也沒有什麼可以追求的了，大概我就是那種功課有交，成績不要爛到自己無法面對就好的人吧。

功課做完了，那就做點自己的事囉。
就，繼續寫吧。

吳子雲　二〇二三年二月十七日於臺北的家

叨人生

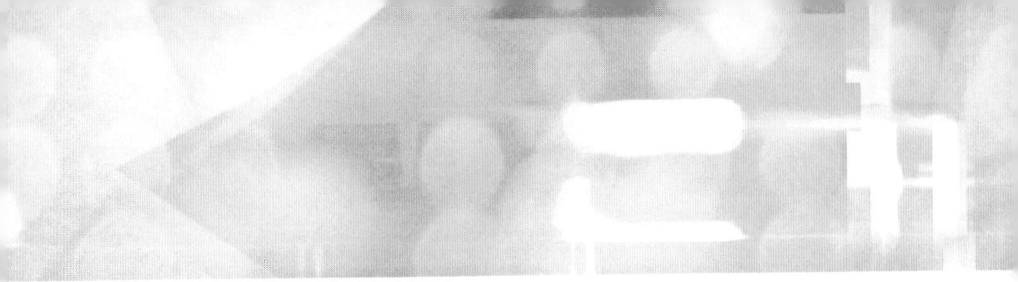

嘴成長

話當年

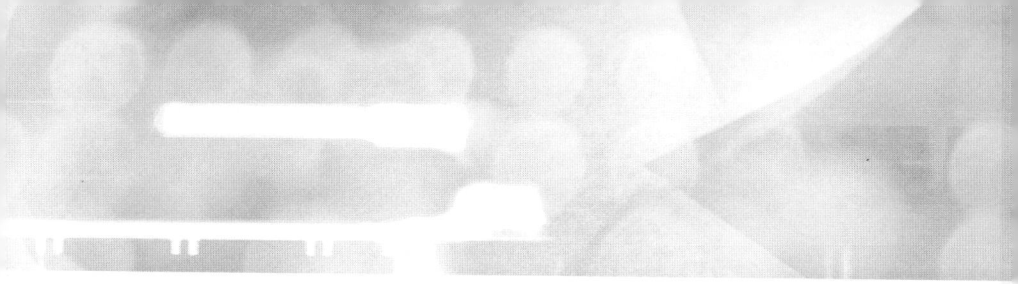

說夢想

叨人生

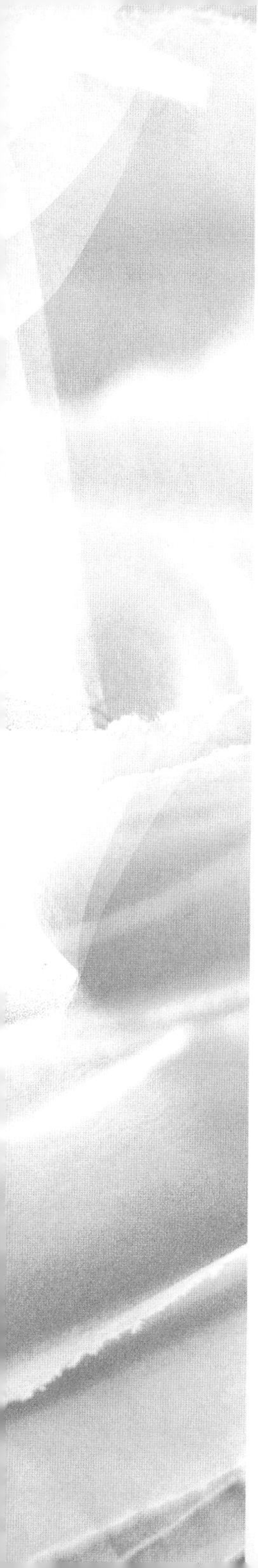

肉燥飯

我小時候吃素，蛋奶素。

外婆家信奉一貫道的時間不可考，因為我懶得問。從出生開始到十歲那年，我連一小顆蔥花都沒碰過。

我相信人的世界可以被打開，「被」，被動的。

被一個人打開，或是被一個東西打開，甚至是一個畫面打開。或許有些人的世界到了一個穩定的年紀之後就停止了，因為沒有主動或被動地打開過，而我的人生經歷是長越大，世界越被打開，直到目前為止，我眼裡的世界還在繼續擴大。

以我父母為例，他們的世界在三十多歲時就停止打開了，因為他們就鎖在武廟路那間小小的虱目魚粥店，生活就是買菜、開店、關店、回家、睡覺、起床、買菜、開店、關店……如此循環，從無任何改變，就連最熟悉的朋友約他們晚餐吃飯也是半推半就地一年去一兩次，吃完約莫八點不到馬上回家，沒有再喝完一瓶啤酒再走的請求、沒有續攤KTV的狂歡、沒有去誰家泡茶繼續聊的悠哉，沒有，就是回家，因為凌晨三點就要起床去鳳山的鳳農市場買菜，需要顧全睡眠。

一年三百六十五天，我家只有店休五天，除夕到初四，初五固定開工，幾乎全年無休，不管颱風下雨地震停電還是天塌下來，或是我媽撞破頭滿臉都是血，跑外科診所縫了十幾針都一樣，想店休，門都沒有。

對我媽來說，店沒開，就像呼吸停下來。

我那時真的是這樣認為的。

我小時候的世界是外公外婆帶我打開的，外婆帶著我去市場當小幫手幫忙提菜，可以得到養樂多一罐，外婆說菜市場的臺語叫「菜其啊」，我就替那個市場取名字叫「養樂多菜其啊」。外公載著我去幼稚園上學，年紀太小我沒什麼印象，但外公說我很乖，不知道老師為什麼都跟外公說我很皮。

其實我也忘了自己到底有多皮，但我記得幼稚園老師來過我家，不知道是例行性的家庭訪問，還是我皮到需要老師來向家長說明（告狀），總之我記得外婆問老師結婚了沒，如果沒有，可以考慮她的小兒子，也就是我的小舅舅。

或許在外公外婆眼裡，我在學校皮不皮不重要，小舅舅交女朋友這件事比較重要。

上學後，同學跟老師帶我打開世界。

國中認識了一些小太保小流氓，真不好意思，也不知道為什麼，那個年代的國民教育社會就是長那樣。就只是十三四五歲的國中生而已，身上穿著學生服卻不像學生，整個人歪七扭八的像個怪物，卻都超想當大人，自然而然開始學大人的樣子。抽菸、騎機車、賭博打牌、混紅茶店，甚至帶一些檳榔香菸之類的違禁品到學校做生意，一顆檳榔五塊、一根香菸五塊，標準暴利，卻生意超好。

莫名其妙。

乖乖牌學生一不小心倒起楣來就只能在心裡罵髒話，暗叫「慘了」，命運就是莫名其妙地會在下課時間被帶走，他們會在教室外面等你，或是在老師離開教室後直接進你教室拉你。

帶走你的理由千奇百怪。

「記得我嗎？不記得是嗎？我提醒你一下，你今天早上在某某地方看了我一眼，想起來了沒？幹你娘你是在看三小？」或是「聽說你成績很好很搖擺是吧？來來來我讓你知道什麼叫作搖擺。」然後你一頭霧水，眼前這個人你根本不認識，他講的話你更是聽不懂。

帶你走的人大多成群結隊，五、六個算少，十幾個是常態。地點不是廁所就是學校某個專門用來霸凌的角落，那是校園治安死角，所有人都知道，包括老師也知道，但說也奇怪，總之就是不會有人來這裡破案，拯救無辜的受害人。

霸凌開始之初，你會被一陣言語攻擊、髒話伺候、被巴頭或甩巴掌、被吐口水或檳榔汁、被搶食物或零用錢，或是脫你褲子檢查你的陰毛長出來了沒。

反抗的話會被群毆，即便對方答應你的撂話單挑，結果也從來不可能是單挑，群毆永遠是他們的唯一選項。

你不怕的話，就會持續被找麻煩，持續多久不知道，直到他們膩了，更換目標。

你示弱的話，就會被視為他們的屬下，俗語叫作護仔（臺語）。表面上像是他們會罩你，因為你跟他們同一夥，實際上你可能不會被別人欺負，但會一直被他們欺負。

叫你去買東西但不給錢；叫你去刮老師車子但不准出賣他們；叫你翹課去學校附近的什麼店找一個叫什麼圈叉哥的幫他們拿東西，但其實根本沒那間店沒那個哥也沒東西可以拿，他們就只是想要你之類的破爛事每天都在發生。

我因為害怕而示弱過，於是我走過一段那種黑暗的日子。

有趣的是，就算「加入」他們，我也從沒有一分一秒不害怕過，我下課會盡可能地躲起來不被他們找到，如果衰一點被抓到，就只能跟著他們去為非作歹搞那些我曾經遭遇過的破事；即便我跟著他們去霸凌別人，我也始終都只是「觀眾」，但那一拳一腳紮實地與皮肉接觸的聲音，完美複製那曾經在我身上發出的聲音，像立體聲，像5.1道杜比音響，像山林曠野中不間斷的回音，像來自地獄的聲音。

我曾在他們霸凌別人結束後選擇最後離開，我把被害者扶起來，拿出我的衛生紙讓他擦血，我記得我對他說過一句超級真實又超級不真實的話：「我不是跟他們一起的，你別恨我。」

我怕被害者恨我，但我明明不認識他。

老師知道這些事之後，我被老師關心過，也被老師忽略過，那是非常敷衍的關心，和非常確實的忽略。我在被霸凌時，老師確確實實地忽略我，我臉上身上的傷被視作「打架」造成的，他要我檢點一點，不要跟同學打架。而當我「霸凌」別人的時候，老師敷衍地關心過我為什麼會變成不良少年，而他選擇的方法是敷衍地直接記我大過。

霸凌我的那些人打開了我從沒想過、看過的世界，而老師的處理方式打開了我另一個世界。

其實我並沒有變成「不良少年」，我在被視作不良少年的階段，沒欺負過任何人，甚至我還向被害人道過歉，只是那又如何呢？我曾被貼過不良少年的標籤，在那個不良少年看起來都很快樂的年代，我一點都快樂不起來。

幾十年後的現在，我終於敢面對這些事，並且有寫下來的勇氣，我帶著愧疚又豁然開朗的心情寫下來，像我人生的第一碗肉燥飯，我帶著愧疚又豁然開朗的心情吃完。

在我十歲回到我媽身邊，住在同一個屋簷下之前的幾個月，我做了一件讓全家嚇到差點報警的事：我從前鎮區武德街走到苓雅區武廟路找我媽。

坦白說，這段路騎摩托車也就十幾二十分鐘的距離，真要說遠也沒遠到哪裡去。

只是以一個十歲的小孩來說，那就像遠得要命王國。

出發前我是一點都不害怕的。

在那之前，每一次讓外公或大舅載去找我媽，我都很努力地嘗試熟記路標，看見這個向右轉，看見那個向左轉。

當時我媽推著一台推車在賣肉燥飯和虱目魚湯，她固定會停在武廟路與福德路口。兩張小桌子、八張小板凳、幾十個瓷碗、塑膠盤、耐熱塑膠袋和紅色束袋，一個三十歲的女人穿著油斑已經洗不乾淨的圍裙，半夜起床熬湯煮飯，扛上推車，然後推到定點販賣，從早餐賣到中餐，賣完就開心地回家，賣不完就難過地倒成廚餘。

她的身上總有一股肉燥味，她的手上總有刺鼻的虱目魚腥味。就是這樣的味道讓我在吃著蛋奶素的家庭裡打開了另一個世界，這味道很臭很難聞，這個人讓我很想念。

我從武德街出發的時候沒有告訴任何人，因為我知道說了就會被禁止。一個十歲了卻只有一百二十公分不到、極度發育不良的小孩要走幾公里的路去「數里尋母」，我怎麼想都很值得去冒這個險。而且我心裡還有備案，我迷路的話就去路邊找個大人問路，萬一真的找不到路，我就去找警察。

我也不知道我走了多久，總之到我媽攤位附近時，我在馬路的這邊看著馬路對面的那兩張小桌子，八張板凳都有人坐，我猜那是中午吃飯時間。

我媽看見我的樣子很驚訝，那表情印在我腦海裡幾十年不曾消散。她摸著我的臉問我誰載來的，我說我走路，她驚叫一聲，不可置信。

「你有跟外婆說嗎？」

「沒有。」

「家裡沒人知道嗎？」

「對。」

「你怎麼知道路？」

「我有記路。」

「你走了多久？」

「我不知道。」

「你有沒有迷路？」

「沒有。」

對話順序不一定是這樣，但對話內容是這樣。

我喜歡我媽那個又驚又喜的表情，彷彿我做對了一件事，而那件事本來會被藤條伺候。

然後我媽用公共電話打給外婆替我報平安，順便告訴她我的豐功偉業。

外婆叫我聽，哭著罵我為什麼這麼皮？她差點要去警察局，跟警察說她不見了一個乖孫，而這個乖孫不聽話。

那天我陪著我媽做生意，得到的獎品是一碗肉燥飯。

我看著那碗肉燥飯發呆很久，我知道我不該吃，因為我吃素，外婆說吃肉會下地獄，將來就會輪迴變成我吃掉的動物，再被別人吃掉。

我不想被吃掉。

但我好餓。

「兒子，你怎麼不吃？你會怕嗎？」

「我不怕，但外婆說不能吃肉，這個有肉。」

「沒關係，你吃，我會跟外婆說你吃麵包，是我去買給你的。」

「可是會有味道。」

「什麼味道？」

「妳身上的味道。」

「吃下去在肚子裡，不會有味道。」

「這好吃嗎？」

「這媽媽做的，好吃，媽媽每天都吃，你以後來跟媽媽住，也要跟著媽媽吃。」

我是被這句話說服的。

不是好吃，而是跟媽媽住。

肉燥飯入口的那瞬間，我的世界被肉燥飯打開了。

就像外婆騙我說苦瓜不苦，我入口的那瞬間，我的世界被苦瓜打開了。那又苦又返甜的多層次味覺，我一口一口皺著眉頭又鬆開眉頭地吃完，我是外婆五個孫子裡最會吃苦瓜的一個。

我吃完了那碗肉燥飯，對外婆很愧疚，但心裡滿足到像是被帶出井裡的青蛙，看見的天空原來不是那麼一點點大。

我猜是我數里尋母的這個舉動讓我媽決心帶我回「家」，我知道就算我再怎麼愛外公外婆，有媽的地方才是家。

那之後，我的世界被繼父的存在打開、被漫畫打開、被書法鋼琴英文等等的補習打開、被霸凌打開、被老師打開、被第一次偷色情錄影帶打開、被染著鮮血的西瓜刀打開（人不是我砍的，我是被要求拿刀去藏起來）、被撞球打開、被聯考打開、被無聊的四年高中生活打開（我因為污辱師長被留級一年）、被初戀打開、被失戀打開、被離家到另一個城市求學兼打工打開、被當兵打開、被ＢＢＳ站上面的網路小說打開、被出版社打開、被劇本打開、被作詞作曲打開、被拍片打開，一直到現在被太太的存在打開、被兒子的出生打開。

我的世界總是被打開，我是不是也曾經打開過別人的呢？

或許有，或許沒有，我沒想過，而那對我來說也不重要。

過去多年，這件事我媽對著我提了再提，她的表情總是懷念，或許孩子帶著天真無邪的笑容朝自己飛奔而來、索取擁抱的感動太過深刻的關係，這在她的人生歷練中應該是經典等級，而我是到了我的孩子出世，到他會跑會說話，會自遠方看見我就大聲叫喊爸比並朝我狂奔之後，我才了解到，原來這種小事帶給父母的感動會如亙古般流長。

這是碗很值得被記錄的肉燥飯，對我來說。

我其實可以不寫它，就讓這個記憶活在我的身體裡就好。

但我還是寫了，可能原因只是我經常跟別人說，當你可以用「肉燥飯」為題，寫出一篇幾千字的文章，而且不是那種無聊卻專業的美食介紹文，也不是那種通俗流水帳形式的日記文，而是一篇會感動別人，也感動自己的文章，那基本上你就可以肯定自己的寫作能力，絕不是一般的等級而已。

我從來沒有做完過這件事，所以我只是在做完這件事而已。

這篇，就取名叫〈我們肉燥飯，好嗎〉。

至於本文開頭的篇名還是〈肉燥飯〉三個字，就不去改它了，懶了。

和解

我跟我媽的感情很複雜，很難用一句話來形容。

我聽過很多形容自己與雙親的感情形容詞，多半是「我們感情很好」、「我們像朋友」、「我們像兄弟（姊妹）」、「我們很親近」，不然就是「我們感情不好」、「我們沒什麼在說話」、「我們很疏離」、「我們不太熟」之類的，大多能一言以蔽之。

硬要用一句話帶過我跟我媽的感情，那大概就是「試圖很親近但有困難」，或是「想疏遠但也辦不到」，再更簡單一點來說，就是尷尬。

我跟我媽感情不好嗎？曾經有段時間是真的很糟很糟，糟到你所能想到的最糟的那種，但現在不是。

所以現在我跟我媽的感情不錯囉？現在是盡力在維持這個狀態，畢竟她是我唯一的至親，綜觀她一生的好與壞，其實我都接受了。

小時候我跟她不熟。

我六個月大時就跟著外婆生活，等於是住在大舅家裡。我媽辛苦地去賺錢，一個人在外討生活。幼稚園時期我媽很偶爾地接我去過夜，但這段時日我沒什麼記憶。

十歲那年我總算回到她身邊，但那時家裡多了一個對我來說是陌生存在的繼父。他們之間沒什麼話聊，我跟他們之間也找不到話題，所以當三個人都在家時，就像三個人都不在家，各自在各自的空間，像不熟的室友，或是同一間牢房的囚犯，生活在不生活在一起的狀態。

我媽是個強勢的女人，回家後，我的人生是在她的安排中前進的。我媽叫我補習我就補習，叫我念書我就念書，叫我去店裡幫忙我就去幫忙。我很早就有生意人小孩的成熟特質，一般叫早熟，即便我有些思想和行為依然幼稚。

我小學就幫著洗碗端菜收桌子算帳單收錢找錢偶爾幫忙收攤，即便我不願意，但我也只能待在店裡，直到打烊才可以做自己的事。所謂自己的事就是補習，偶爾可以去找同學，但得在規定時間內回家，補習是被接送，成績不好就是處罰，我的興趣沒有被重視，我的意見沒有被採納。

我媽用她的方式愛著我、在乎著我，對她來說，她的安排就是最好的安排，那是她的直線思考得到的解答，她在套她的公式解答我的人生。

我其實也沒什麼意見，就試著在她的安排之外另闢一條路徑，我做到她要的要求，但我也要去做我喜歡的事。

相對於我媽的強勢，繼父或許因為身分的關係，他對我就大多只能順著我媽的路線跟著走下去。不過他做了一件事讓我滿頭黑人問號，但我只是靜靜地接受，雖然我回到房間之後噗嗤笑了出來。

他知道我愛畫畫，想當漫畫家。

他在我媽禁止我畫畫，及我堅持要畫畫的衝突路線中間，找到一個他認為有效的平衡點，就是買「知識型漫畫」給我看。

所以我人生第一套完整的漫畫就是繼父送的，《老子說》、《莊子說》、《六祖壇經》、《世說新語》等等的蔡志忠全集。我很乖，我每一本都看完了，而且不下數遍。但在吸收那些蔡志忠老師已經白話解釋過，但依我當時的年紀只會一知半解的內容的同時，依我對「漫畫」的理解，我知道那不是漫畫，不是我要做的那種漫畫。

當我繼父發現我願意對他的「禮物」照單全收之後，他又買了幾本書給我，《三國志》、《三國謀略學》、《左傳》、《春秋》、《水滸傳》、《西遊記》等等，我一樣乖乖地把它們都吞進我的腦袋裡。或許他驚訝於我看書的速度，於是他又買了一套當時非常受歡迎的書：金庸全集。

我當時國一，我看了大多數同學不會看的書，我會說出一些大多數同學不知道的知識，在同儕裡我成了怪咖，當他們在聊電動玩具的時候，我插不上話，因為我的任天堂是壞的，我的遊戲知識停在超級瑪莉，我的卡匣舊到像是上個世紀的玩意兒。

那是一段我很落寞的日子，我的父母不了解我，我的同學跟我不熟，要不是那幾個跟我志同道合的畫畫朋友，我真的會像自閉到最高點的孩子，找不到認同。

有一天，我媽想買新車，他們去看了一些車子，帶了型錄回來。

其中有一個廠牌的名字叫SEAT（臺灣叫它喜悅汽車），他們有興趣的車子叫IBIZA，音譯是伊比薩。

繼父問我，「IBIZA怎麼唸？」我看了一眼之後直接唸出來。

他們兩個同時露出笑容，那是我在家裡很少看到的畫面，我心裡有一陣溫暖暈開。

「讓你去補習英文的錢沒有白花。」我繼父說。

「我堅持讓你去補英文是對的。」我媽說。

那真的不是什麼困難的英文，ＫＫ音標學得好的人甚至不需要思考就能完美地答對。時隔三十幾年了，我腦海裡依然印著他們那天的對白和笑容，即使我只是笑著沒說話，但我記得那時我心裡的那股溫暖，來自於「終於被他們認同」。

但同時我也知道，單就知識來說，他們已經被我超車了。

我這一代的父母輩大多沒什麼機會念多少書，超車其實只是遲早的事。但在那個叛逆期到來的年紀，沒有溝通順暢的兩代關係，沒有互相理解的心理缺憾，會很直接地把親情撕開，造就出世上最遙遠的距離。

我在叛逆期的種種行為，以及我父母為此更加高壓的教育抉擇，讓我們的關係出現裂痕，我越長大，裂痕就跟著我長大，不要說癒合，我甚至覺得無法彌補。

我曾在臉書寫過一篇文章，內容是關於我媽叫算命的來替我算命、改名，並且算風水移動我房間擺設，那是擊垮駱駝的最後一記重拳，打在我媽、繼父和我身上，直到我媽為了生活的壓力而患上憂鬱症。

她扛著憂鬱症和家計那幾年，是我們關係最糟的那幾年。

當我開始有了版稅收入，替她分擔開銷、償還負債，本以為這樣能減輕她的負擔和病情，但是並沒有，店裡生意越差、負債越多，我還的錢就越多，我好說歹說，態度多元，衝撞也好，悲情也罷，什麼方法都試了，就是勸她把店收起來，我替她還掉的那些錢早就可以讓她過著安穩的日子。

但她選擇讓我把那些錢就丟進負債裡，像石頭丟進大海裡，撲通，就沒了。

我其實並非心疼那些錢，而且說真的，我根本不在乎那些錢。

我心裡的疑問是，「為什麼那麼多的錢，買不到我媽的快樂？」

年紀更大了之後，我才慢慢了解，我媽用她的方式在活著，就像她用她的方式在愛著我。她用她直線思考得到的解答，套入公式在解答我們之間的隔閡。

她盡力了，而且是盡了全力。

我知道她心很慌，很害怕很驚恐，她擔心如果她保不住幾十年心血的餐廳，又失去我這個唯一的孩子，她這一輩子什麼都沒了。

因為我懂了她的寂寞，所以我換了方式。

我不再用衝撞的方式，也不再打悲情的訴求，我告訴她，我不會離開妳，妳只顧好好活著就好，其他的我來。

「子雲，媽媽很對不起你。」這是她這幾年最常跟我說的話，而且是常說，很常很常說。

「妳沒什麼對不起我的，我知道妳盡力了。」我總是這樣回答。

那道在青春期就撕開的裂痕，到現在其實也沒有消退或癒合。

因為傷要癒合需要原諒，而我跟我媽之間並不存在原諒。

「我們都需要和過去的那個自己和解，我媽是，我也是。」我用我的直線思考得到這個解答。

這是我跟我媽的和解，我跟我家的和解。

和解之後，我在我媽的眼裡，總常看見光。

失去朋友

我從小到大幾乎沒有搞丟過任何朋友，那種自然而然失去聯絡的不算。

我這個人還特別奇怪，失去聯絡的我還會心血來潮地試圖把他們撈回來。

莫名看見一個廣告畫面就想起那個誰誰誰，手機通訊錄翻一翻又看見那個三百年沒聯絡的誰誰誰，或是臉書上A朋友去按了B朋友的讚，導致B朋友的臉書出現在你的河道上，不過B上次更新臉書已經是八年前了。

那怎麼撈？

要嘛就手機簡訊寫封問候去撈，夠熟的話就直接電話打過去撈，不然臉書私訊去撈，不過通常是撈不回來的。手機簡訊通常不會已讀，電話打過去不是空號就是非本人，臉書私訊也是拿石頭丟大海。

自然而然地失去聯絡就是一種自然而然地消失。

而我像在夜市裡撈金魚，手裡是那張破了的紙網，而金魚們都長大了，游向牠們自己的世界。

想像一下，每個人的人生都是一場不插電的party，開在小巨蛋裡。

小巨蛋的正中間，是舞台，你在舞台的中心。

你所演唱的每一首歌，不管是搖滾的、難過的、澎湃的、悲傷的，距離你越近的，越聽得到你的歌詞、你的旋律、你的換氣、你的喘息、你的情緒高低起伏，和你的喜怒哀樂。

跟你一同在舞台上的，是關係最親密的，他們都在與你共舞，那幾個生死至交，都在與你狂歡。

底下搖滾區的那一堆人都是交情匪淺的；搖滾區外一圈的，是交情很不錯的；再外一圈，是交情可以的；接著是普通的、還好的、不算太熟的、沒什麼交情的、點點點，依此排列，一直到樓上及出口旁的那些位置，都離你太遠了，遠到燈光打在你身上，音樂在你耳邊轟隆，而在黑暗中的他們，幾乎得不到你的目光。

他們打開門走出去，你甚至不會發現。

這樣的道別超級安靜，幾乎沒有任何動靜和聲音。

他們自然而然地打開門，自然而然地走下樓梯，自然而然地走出小巨蛋，連門都自然而然地關上。

自然而然地消失。

但其實，他們有他們自己的不插電 party，在他們的小巨蛋裡，你的位置可能近到可以聽到音樂，甚至近到一起跳舞，但也可能一樣就在出入口旁邊。

有沒有本來在台上跟你一起狂歡跳舞的朋友突然走下台，一路往出口走去完全不回頭的經驗？

這樣的道別驚天動地。

你就看著他轉頭前最後的那個眼神，不管是憤怒、悲傷、批判、不解、疑問、滿是歉意或是萬念俱灰，他轉頭後的身影像攝影機用高格拍出來的慢動作，他走下舞台的每一步都既紮實又沉重，從舞台到出口那一路，不管你有沒有叫出他的名字或是他有沒有回頭……

當他走出出口，門關上的那一聲。

你的世界，突然強烈地震，震央在你心裡，地震深度大約是心臟到胸膛表皮的距離。

小巨蛋裡音樂戛然而止，所有人面面相覷。

有些人對此感同身受地安慰你，有些人除了拍拍你的肩膀外也做不了什麼，有些人看了幾眼之後別過目光看向遠方，有些人從頭到尾不知道或是不在乎到底發生了什麼事。

你就算沒有被震出眼淚，我想也會被震到心碎。

他本來是那個經過重重關卡，一步一步走到你心裡的那個最信任圈裡的人，消失了。

超不自然而然的。

有嗎？你有過這樣的經驗嗎？

不是生離死別的那種失去，而是你最好的朋友，變成「曾經」是最好的朋友。

而現在簡訊不送、電話不打、私訊不發，直接斷了聯絡，路上或場合相遇連招呼也不會有，直接當成空氣。

有吧，我想大部分的人都會有的。

而我的這個，就姑且叫他，小明吧。

職業寫手的生活或許在外人看來都像個謎，就像大多數公眾人物的人生總是跟一般普羅大眾不一樣，但其實公眾人物就只是因為工作性質不同，必須被公眾認識的人而已，公眾人物也一樣吃喝拉撒、一樣喜怒哀樂、一樣風花雪月，有時甚至比普羅大眾更真實，我們失戀也會哭、也會難過，失去朋友也會失落、也會遺憾。

就像小明。

我跟小明在青春期就認識了，在那個男性主要性徵剛長完毛的時期。

仔細回頭想想，在交到每個朋友的最初是怎麼開始進行「交朋友」這個動作的，其實幾乎都記不得，朋友第一句跟你說的話或是對你做的動作，早就忘得一乾二淨。

我能記得青春時期被霸凌時每一秒的過程和每一句對話，但我不記得我跟小明是怎麼開始說話的。會不會是因為人對悲劇往往比較有記性，而記得快樂需要更多力氣？

鑽進時空隧道裡，往過去的方向挖掘，最清晰可見的，只有那個跟小明相遇的球場，夏天午後約莫三點不到，兩三個年紀相仿的男生正在籃球場上一對一ＰＫ，我趴在球場的圍網外看著，看著，看著，就不自覺往入口慢慢移動，叫我進去的，是我想去跟他們喊play one的衝動。

我是有備而來的，因為我穿好了T恤、短褲和Nike球鞋。

看他們的實力，我應該會輸得毫無懸念，但我想打球，就只是想打球，輸也沒關係，我本來就不是來贏的，我的球技本來就不夠拿來贏。

越到傍晚，人越來越多，他們每個人都互相認識，每個人都有高超的球技，有些人年紀稍長，有些人相對年輕一些，平均約莫在十五歲上下，那個體力電池永遠滿載不會衰退的年紀，可以從下午三點打到晚上八、九點不見疲態。

而我不太說話，因為我不認識他們。

我依稀記得他們叫我新來的，他們把我編進其中一隊，用猜拳的方式，打起三對三的鬥牛，七分制，每球一分，沒有三分進算兩分的規矩，打手撞人等等犯規自己喊，自己就是球員兼裁判，先攻先守用罰球來決定，他們每個都準到不可思議，籃框像是他們養的。

我總是拖累我的隊伍，因為我的實力在平均以下，我的觀念普通，我的進攻單調，我的防守破爛，我的傳球莫名其妙。對一般普通球技來說，我算可以，對高手來說，我是北七。

沒人嫌棄我，好神奇。

我在很多個球場打過球，特別是高手很多的球場，很常自己去跟別人組隊，喊play one，我覺得這樣才能讓自己更進步。

但上場之後經常聽到隊友「嘖」跟「哎呀」的聲音，那十足透露出的是嫌棄與不耐，也宣告著這場打完我就要被踢出隊伍。我時常在偌大的球場裡找人收留，像是一個沒有薪水，只求有球打的球員，但大部分的時間我都是自己一個人，帶球上籃幾百球、中距離幾百球、三分線幾十球之後，帶著一身汗和一點點孤單感回家。

而這個球場沒人嫌棄我，沒人把我踢出隊伍。

好神奇。

我在心裡長出了一種歸屬感，直到我打完球離開那個球場，我沒有跟任何一個人打招呼說再見，除了打球的基本溝通之外，也沒有跟任何人講過一句話。

「我明天還要再來。」騎上腳踏車，背著籃球，我對自己說。

差不多去了三五次之後，他們開始跟我說話，幫我取外號，我不再叫新來的，大概是我前期都不太說話的關係，他們叫我酷哥，我交到了一群朋友。

而小明是其中一個。

我跟小明總會是前幾個到球場，但最後離開的人。

天都黑了，球場裡沒有燈，只有借路燈的光才能稍微看得到籃框，我們在黑暗朦朧中練投，沒進就趴下伏地挺身，或是坐在場邊磚砌的長椅上，聊一些高中生無聊的風花雪月。

青春期的我沒有多懂事，交友圈侷限在教室裡。

這個在我生活圈子以外交到的朋友，從本來根本連我的小巨蛋都沒看過的位置，踩著他穩定的步伐，一步一步不驚不趕但又快速地來到我舞台下方的搖滾區。

「你要上台來嗎？」我問他，「下一首歌我們一起唱。」

「什麼歌？」

「傷離別。」

「傷離別？是……張學友的歌嗎？」

「對。」

「什麼傷離別，是祝福啦！」

喔，對，是〈祝福〉啦。

我連歌名都忘了，我只記得他到了台上。

台上。

除了我的家人之外，離我最近的地方。

每個人的人生都是有故事的，因為人生這東西會開每個人的玩笑。只是那些玩笑都是玩真的，因為人生只能玩真的。

任何人生中假的東西都絕不長久，而任何真的東西都痛心疾首。

我外婆說：「每個人都是自己哭著來，然後別人哭著送你走。」這種又白話又有智慧，像極了真理的語言，沒到一個歲數是不會懂的。

今年我四十好幾了，因為資質駑鈍，我還在「懂」的路上。

我有個朋友，在我寫這篇的前兩年走了，突然地，他決定結束自己的生命。他認識的人很多，但說真的，他沒什麼朋友，或許是疾病的關係，他的日子過得其實很辛苦，我是他少數願意傾訴真話的朋友，但他來講真話給我聽的次數卻不多。

某天接到消息，說他在住處被發現，人走了幾天了。

留下錯愕的太太、無法面對的家人、一些還沒有破關的電玩、一些還沒有達成的夢想，和為數不多但心如刀割的朋友。

共同朋友圈的人約好同一個下午去給他上香，在殯儀館裡。

他的生活過得不好，家裡也是辛苦的。靈位就擠在最陽春的那一區，跟他的「鄰居」幾乎沒有縫隙。

我們一行十多人約在殯儀館外，有說有笑，畢竟都是好友，固定幾個月一次聚餐敘舊，他也是其中一員。殯儀館外天氣有點陰，不知道是不是老天爺想搭配一下我們的心情，我們的話題不刻意在他身上，也沒有細問知情的人他決定離開的原因，或許是我們都心裡有底，他總有一天會下這個決心。

在他靈前，十幾個人都沒說話，就這樣站了十幾分鐘。

我心血來潮拿了一對硬幣，擲筊問他：「你都決定了，就安心地走吧，好嗎？」

嗯，聖杯，我想他自認並沒有下錯決定。

對他，我講不出那種下輩子再來找我當朋友的話，我們是這樣的朋友，覺得這種戲劇類台詞不適合用在現實生活中。

我跟小明也是。

即便他還活得好好的，即便我多次在共同好友結婚的場合上可以遇見他，但我們就是招呼不打、言談不說、視若無睹。

我覺得這才是真的失去朋友，而且是那種本來跟自己一起站在小巨蛋台上的朋友，小明存在的意義對我來說更甚，因為我們太常相處，過去交情太好、默契絕佳，甚至心靈相通。

我們都知道沒有「復合」那一天，這點也是心靈相通。

我不想，也不會在這裡聊失去小明這個朋友有什麼遺憾，那是我心裡最私密的一部分，不公諸於世只是我一廂情願地認為，除了小明之外，沒人能懂這種遺憾，連我的父母，或是我的太太也無法。

回過頭，我依然站在小巨蛋的台上，我身邊依然是親朋好友，一同狂歡。在我停止呼吸之前，我是不會下台的，這是我的小巨蛋、我的舞台、我的人生。

而我也曾在他的小巨蛋舞台上，與他共舞、狂歡、同唱。

我們同時走下來，離開，打開出口大門，頭也不回地，不再回來。

嘿，小明。

你在你的小巨蛋繼續加油，我在我的小巨蛋繼續瘋狂。
我們，就不再見了。

人生預告片

沒出書（但轉行到影視業）的這幾年，我有了個太太，生了個兒子。

我曾定調我的人生在二〇〇〇年出書時轉了一個大彎，在二〇一二年決心進入影視業時又轉了一個大彎，而當我有了家庭，尤其是兒子出生後，又再次轉了一個大彎。

我把我的人生彎來彎去的，像一個不知道未來在哪裡的迷途者。現在回首自己過去四十幾年的歲月，我人生的大叉路口不多，卻每一個都迷霧驚魂般地塵煙濛濛，走進去才知道彎得徹底。如果有張人生俯視圖，我是不是就能提早知道那些彎到底彎了幾度，又會彎去哪裡？

但人終究是活在地面而不是空中的，所以能俯視未來的人總是特別有遠見。既然我們都不是能俯視未來的人，那有沒有人能預告呢？

像電影電視有預告那樣。

在你還沒觀看這部片子之前，我先給你看一些裡面會有的畫面，稍微告訴你一些蛛絲馬跡、內容大概是在講些什麼，讓你心裡有個底，知道你決心收看的時候會看到怎樣的故事。

寫完《暗社工》和《迫害效應》之後，我一邊在編劇和導演工作中找平衡，畢竟有些片子只希望由我當編劇，有些片子希望我既編又導，目前還沒有遇到只希望我來導但別碰劇本的案子。在這些我既熟悉（熟悉劇本作業和一定程度的導演工作）但又很陌生（因為每個交到我手上的故事都屬不同類型，像是打工的內容完全不相同）的工作裡，我經常想到以前寫書的日子，那只要我一個人就能完成的工作，從大綱到人物設定到情節設計到完整交稿只要我一個人就搞定，剩下的就麻煩如玉和出版社的夥伴，那樣的日子，說真的，比拍片要容易太多了。

寫書的日子，是不需要預告的。

而我卻在這時候想寫一本《人生預告片》。

如果你的人生有個預告片給你看，你會看，還是不看？

在影視產業中，預告片的原理就是把片子拍完之後，由預告剪接師看完初剪，以及大部分沒有用到的畫面素材，以一個「極壓縮」的角度及功能性，把兩小時長的片子用九十到一百二十秒告訴你「我要跟你說什麼」。

因此，預告片是需要有個人「看完初剪」才能完成的。

那麼，誰會看見你的人生初剪？你的人生還在過，等於你的片子還沒拍完，這預告片，怎麼剪都好像少一半，因為只能剪已經過完的那一半。

所以，如果真的有人生預告片讓你看，表示有人看過了你的將來。

你想先知道，還是不想知道？

有些算命會有這樣的能耐，我多次聽朋友說到他們的算命經驗，其中不乏準到讓他們覺得神奇的。其中一個讓我印象比較深刻的，是一個女性友人，她的算命仙告訴她，她會在幾歲的時候嫁人、嫁去哪裡、先生家是做哪一行的、她會生下幾個孩子，而且在幾歲的時候要注意會有大病降臨。

其中最神奇的是，算命仙說：「妳有三子命，但妳只會有兩個孩子。」

而這個「預告」，在她第三胎流產，並且被醫生宣告子宮受損，不會再有小孩之後，完全命中。

算命仙對她說的，大多言中，除了嫁往的縣市差了二十幾公里之外，其他幾乎全對。我問她對於這個算命結果是不是感到滿意，畢竟聽說算那個命排了幾個月的隊，也花了不少錢。

她說，她並不滿意。

因為她事先知道了自己會失去其中一個孩子，而且沒機會把他生回來。

「我倒寧願我什麼都不知道，那我小兒子流掉的時候，我會覺得那就是註定的，但現在我很常看著他的超音波照片，然後覺得自己為什麼都事先知道了卻沒有把他保下來？」

她透過算命知道了她的預告，然後她活在自責裡。

她的例子讓我自省，如果我知道我的人生預告，是我選擇走上職業寫手這條路，會連結到我母親的重度憂鬱症；或是我跳槽到影視產業，會遇到一些根本無力回天的政治因素導致虧損；或是我明知長輩們對我外婆的病情有所疏忽直到難以挽救的地步，而我卻因為倫理因素而選擇袖手旁觀的話……

我又會把我的人生，彎成什麼樣子呢？

這世上終究是沒有人生預告片的。

人生到目前教我最受用的一堂課就是：盡己之力，隨遇而安。

因為你的人生，不會像電影一樣，花個三百塊就看完了。

產後憂鬱的爸爸

產後憂鬱是一種地圖砲，製造出來的是範圍傷害。屬於暗傷，以產婦為中心，足夠親近的人際關係為半徑畫一個圓，在該3D球形體積裡造成+99999點心靈爆震傷害。

這是我過去魔獸世界玩太多的後遺症，請見諒。

以下分享一個好友的故事，他是個患有產後憂鬱的爸爸。

嚴格說起來，他是個樂天的人，脾氣雖然古怪但抗壓力很夠，跟太太感情不錯，一直有生育計畫但不太順利。

有一天他正在上班，會議室裡正在討論的東西有點無聊沉悶，手機震動了兩下，是太太傳來的，那是一張驗孕棒兩條線的照片。

「我當下有點驚嚇過度，傻在那裡幾秒鐘。」他說。

他孩子都已經幼稚園中班了，但他在說這些話時的眼神裡還能透出當時的亮光，「我要當爸爸了！」他擔心又欣喜地自言自語。

他拿起手機，跟會議主持致意，走出會議室撥通了太太的電話。

「確定嗎，老婆？」

「我也不知道，我打算晚上再驗一次。」

「妳是不是買那種九十九%準確度的？」

「市售的全都是九十九%準確度的。」他太太回這句話時應該在翻白眼。

「那應該是沒問題吧？」

「我晚上再驗一次就可以確定了……吧？」

「我再買十支回去給妳驗？」

「你能不能冷靜點？」

他不能。

或許是求子過程有些艱辛與茫然，夫妻雙方該做的檢查一樣沒少，東不信佛祖西不信耶穌的他也開始跑起那些被鄉民網友推薦的求子廟，朋友推薦的中醫調理也試了，就連清明掃墓祭拜祖先都請祂們幫忙保佑，所以當這一刻來臨，他只想確定確定再確定，他冷靜不下來，至少當時是這樣。

接著一連串固定的孕期檢查和自費項目他盡全力做好做滿，太太懷孕前期孕吐嚴重，中期口味產生變化，後期肚子太大影響睡眠，這些他即便幫不上忙，也紮實地參與其中，他盡可能不漏掉任何一刻。

孩子預定出生那天，他一早帶著太太去到醫院，吩咐了無痛分娩，買了太太愛吃的麥當勞大麥克套餐，等待著孩子要離開母體的那一刻。

孩子平安出世，他在產房裡穿著無菌裝全程目擊，當醫生把那個小生命拉出產道的當下，他滿臉是血的哭號聲，在他心底引發海嘯地震般的震動，「那是無法用言語形容的瞬間。」他說。

他親手剪斷臍帶，看著護士小姐記錄孩子的出生體重和身長，剛生完孩子的太太面露疲態，一切都像極了想像中的這天，也超越想像中的這天。

可能是孩子太可愛，他跟太太都沒意識到產後憂鬱在此時毫無商量餘地地立刻附身在他太太體內，這個惡魔將對他和太太的婚姻及人生造成極大的痛苦。

他是從他太太莫名地掉淚與易怒開始感覺到事態不對的，但那也已經是孩子三個月大之後了，這可能是一種後知後覺，但其實大多數人對此是不知不覺。

他去找了資料，google了相關資訊，看了產後憂鬱的種種原因及應對良方，並試著把那些當下很寶貴的知識記下來。

產後憂鬱的原因有生理因素、心理因素及外在因素。

生理因素如黃體素、雌激素及賀爾蒙增加導致，產後的諸多不適、母乳的收集不順、胸部的疼痛之類的。

心理因素如對母親新身分的自我認同產生壓力過大、害怕對孩子照顧不周的嚴重茫然、洗澡時發現自己的身材走樣，以及認為自己臉部發生變化之類的。

外在因素如跟先生的關係開始變調，或者婆媳之間因為言語不合磨擦加劇、家人開始下育兒指導棋的話語聽來特別刺耳，或是做完月子回到職場的某些排斥和環境不友善都會造成。

當他把這些資訊倒背如流的時候，他以為可以因此得到部分救贖，但實際上並非如此。畢竟生活總是有些習慣存在，而這些本來相安無事的習慣，在此時已經被產後憂鬱附身的太太眼中，如針在眼、如芒刺在背，他被狠狠地罵了一頓，像媽媽在教小孩，像仇人在咒仇人，像皇后在罵太監，完全不留餘地，字字句句擊中心底要害，而且不打算停下來。

他其實很憤怒，因為他自認無辜。要是一般時日，這肯定是大吵一架外加十天半個月不說話，但此時他選擇吞忍，他告訴自己不要計較。

但其實他已經陪著太太，被產後憂鬱附身。

某天他的岳母只是說了一句「哎呀這個也不會弄，怎麼這麼憨慢」，他的太太下一秒滿臉通紅，三秒落淚，哭得像是發生了什麼悲劇。她罕見地給了自己的母親壞臉色和糟口氣，她的母親略知一二，低聲道歉，極力安慰，他也加入好聲安慰的行列，但也無濟於事。

他陪著太太，被產後憂鬱附身。

又某天他在工作中，手機傳來一連串的震動，像是有人撥來電話，但拿起來一看，卻是一連串的Line訊息，來自他親愛的太太，裡面每個字都像刀在插心，責怪他的存在感低，抱怨她的生活變化太大，甚至說出其實她沒有他也無所謂，言下之意就是可以離婚了。

他看著那些訊息，心痛如絞，胃裡不停翻攪，頭突然痛得像有人在巴他後腦，脈搏心跳都接近高標。他非常擔心會不會回家之後，桌上有一張太太已經簽好名字的紙，上面寫著離婚協議書。

他陪著太太，被產後憂鬱附身。

「好難過的感覺，當下真想拿起球棒之類的東西，把身邊的東西全都砸爛。」他說，表情猙獰，彷彿是前五秒才發生這件事一樣。

凡是婚姻問題一律建議離婚，雖然看起來有趣又帶點真實，但其實這只是一句屁話，畢竟大多數人還是有點擔當的，有問題試著解決，不到最後關頭不輕言放棄，更何況現在多了一個嗷嗷待哺的孩子。

再某天，他出差工作好一陣子終於回家。太太過了一陣子一打一的育兒期，看起來像是瘦了一圈，臉色不好、精神不佳，而且眼神空洞，說話愛理不理。

「你看著孩子，我去上個廁所。」太太這麼告訴他，廁所門隨即關上。

就那麼十幾分鐘，他跟孩子在床上逗鬧，在他的孩子笑得咯咯響的同時，廁所門被打開了，走出了一個跟剛剛進去時完全不一樣的太太，她帶著笑容，臉上終於有點紅潤，雖然脂粉未施，卻煥然一新。

她因為可以安心大便而感動地笑了，並同時落下眼淚。

十幾分鐘前走進去的人，十幾分鐘後整個人換了個樣，他家的廁所像是有魔法一樣，但其實那個魔法叫作「陪伴」。

他以為，那隻叫產後憂鬱的惡魔走了。

他也笑了，拿了衛生紙給太太擦眼淚，那當下心裡放鬆的感覺好美妙。

最後某天，他的好友來訪，邀他們夫妻一同出門走走吃飯。

那是趟難得的短程旅行，他們帶著孩子一起出門，有點生疏有點狼狽，卻心情輕鬆愉快。晚餐難得在餐廳完成，那是生產後歡笑聲最多的一餐，席間太太沒有任何不悅的神情，說話就像平常一樣，而且吃多喝足，不再像憂鬱罩頂一樣食不下嚥。

直到要回家時，他的太太在車後座開始哭泣，他的朋友為此有些詫異，但仍保持鎮定，而他知道又是憂鬱症犯了。

此時他的孩子在安全座椅上，是睡著的狀態。

他的太太哭了一會兒，開口說了一件他也不知道的事。

「我老公出差期間的某天晚上，我好不容易把孩子哄睡，一個人打開房間的窗戶，坐到窗台上，晚上的風涼涼的，光害少的地方看得見一些星星。我往十一樓高的地上看下去，我當時在想，現在是半夜，如果我現在傳訊息給我媽，要她早上醒來之後來照顧孩子會不會隔太久？因為我真的撐不住了，我想就這樣跳下去就好，會不會就輕鬆了？」

他被太太這席話驚住，他這輩子沒聽過這麼可怕的話。

「後來我一樣坐在窗台上，打電話給生命線，竟然是個男生接的。我失望得大哭，我心想他是男的，肯定不會懂我想傾訴的痛苦。而那個男生只是輕聲說，我知道妳現在很難過，沒關係，妳盡量哭，我等妳。後來我告訴他我想跳樓，但擔心孩子等我媽來會等太久，不知道會不會有意外。而這個男生只是輕聲地問我，如果累了，要不要找個人幫忙，讓自己休息一下？我不同意，我大聲回應，我老公也說過要請夜間保母來，但這是我的孩子，我怎麼可以找別人照顧？那個男生又說，那要不要請家人或父母呢？我一樣不同意，怎麼可以把我生的孩子丟給父母照顧，那不是他們的責任。後來那個男生說，所以妳是不是把自己逼到死角了？妳沒有給自己任何空間和退路？」

說到這裡，他的太太終於停止哭泣。

「我那時候真的有一種被解開鐐銬的感覺，原來我替自己上了鐐銬，然後在無人的地方哭喊著沒人幫我的孤獨，原來是我自己拒絕所有的幫助，原來是我把自己逼到絕境，而我卻沒有自覺。」

「後來呢？」他的好友問。

「後來我孩子哭了，我說了謝謝，掛了電話，再把孩子哄睡。」

「然後妳就比較好了嗎？」

「有沒有比較好我不知道，但我了解問題在哪裡了，原來在我自己。」他太太說。

而他知道，問題不在太太身上。

那在哪裡呢？可能是普遍發生在大多數孕婦身上的痛苦心病吧，但那都不重要了，因為太太正在努力擺脫那隻惡魔。

那天回家路上，他跟太太兩個人聊了好多話，彷彿幾年沒講話的伴侶，試圖要把話一次講完，彷彿可能沒有明天。

他說，他是個有產後憂鬱的爸爸。

也還好他跟著太太一起患了產後憂鬱，讓他被教會了一些在所有地方都不可能學到的事情。

產後憂鬱是一種地圖砲，製造出來的是範圍傷害。

屬於暗傷，以產婦為中心，足夠親近的人際關係為半徑畫一個圓，在該3D球形體積裡造成+99999點心靈爆震傷害。

他是離圓心最近的那個人，他所受到的是來自太太和自己的心靈爆震傷害，數值是+999999。

抱歉，那是他玩了太多魔獸世界的後遺症。

而他太太好了，他也好了。

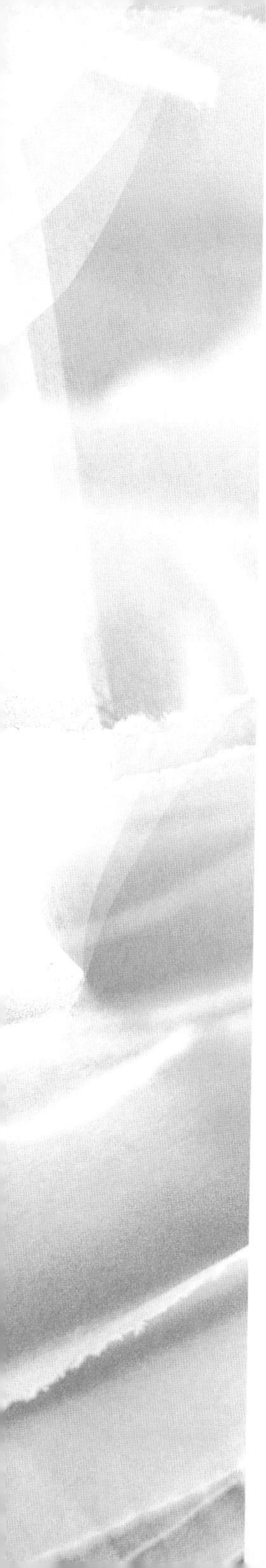

在孩子的眼中看見自己

二〇二三年一月。

我兒子四歲半。

我活到目前這個歲數，回頭翻找人生最初始的記憶，也大概是四歲半。我在幼稚園跟同學搶翹翹板，至於搶到了沒，我沒有答案。

我記得園長是個胖胖的、略顯蒼老的阿姨，她同時也是娃娃車的司機。

坐在我隔壁的女生是住我附近的鄰居，我不記得她的名字，但我隱約記得她的樣子：萬年不變的辮子、喜歡抓我的臉，她在我腦海中永遠都是四歲半的樣子。

四歲半的樣子。

我四歲半時，在別人眼中，是什麼樣子？

會不會，我四歲半的樣子，就是我兒子現在的樣子？

我很喜歡看我兒子睡覺，觀察他每一奈米的樣子。

孩子的長睫毛、無瑕的皮膚、白裡透紅的小嘴唇、細細淺淺的鼻息聲，像是這世界與他無關。

太太出差不在家時，我躺在床上哄他睡，小夜燈黃黃的光投射在他的臉上，那晶瑩剔透的小光點也反映在他的眼睛裡，他生動地說著他的車車、他的鹹蛋超人，問我買不買得起法拉利。

「我想媽咪。」他揉揉眼睛，試圖和想念的情緒對抗。

「媽咪去工作了，明天你下課回家，她就在家等你了。」

「好……」他稚嫩地點點頭，略帶著哽咽聲，「爸比抱抱。」

爸比抱抱。

爸比抱著抱著，孩子就睡了。

這時候世界也與我無關。

在孩子的眼中看見自己。

像是走過一些差不多的路，哭過差不多的眼淚，體會過差不多的離別，複製著差不多的人生痕跡。像是在沙灘漫步時不曾想過回頭去檢視腳印，有些往事就被海浪抹去，只是海浪從不會停止，一如時間推著你一步一步前進。

我很常迷失在孩子清澈的眼底，思索著：那亮晶晶的瞳孔中看這世界是什麼樣子？他在鏡子裡看見四歲半的自己，能不能記住四歲半的自己？他乾淨的眼底深處是怎樣的宇宙？他又用什麼心情在搭建他自己的宇宙？

照鏡子時，我們通常第一眼都是看向自己的眼睛，只是什麼時候發現我們的眼睛不再像孩子們一樣清澈透明了？我們在這汙濁的世界翻了又翻，滾了又滾，帶著一身泥巴半身傷地走到現在，我們的身體記住的是泥巴呢？還是傷？

在孩子的眼中看見自己。

孩子哭哭的時候總是要試著轉移他悲傷的注意力，看看這裡，看看那裡，拿衛生紙擦去他的眼淚，摸摸他的嫩髮，告訴他，我們都了解他的傷心。

仔細觀察，孩子的傷心都是超級誠實的。

他們總是說「媽媽抱抱」來得到釋放，只是我們的釋放在哪裡？

而我們呢？長大後的我們真的有趣。

每個人都是哭過來的，但長大後我們都吝嗇哭泣。

我們多半都是在很難過的時候深呼吸，用欺騙式的安慰來逼自己先站起來吧，因為站不起來實在很弱很北七，接著苦笑著讓自己先緩一緩，再轉身到一個沒有人看見的地方崩潰，這樣才像個成熟的大人。

那「成熟」這東西，是長大教的，還是這個世界教的？

在孩子的眼中看見自己。

他們喜歡在超市裡推著推車，那才像是在超市裡該有的樣子。他心裡可能並不覺得推車多好玩，他只是想讓自己像你。

像你。

我們喜歡在社會裡跟別人比，比這個東西，比那個東西，那才像是在社會裡該有的樣子。我們心裡都知道這其實並不好玩，我們只是想讓自己離「好」更近一點而已。

那「好」這標準和定義，是別人的，還是你？

在活了大半輩子，孩子出世之後開啟了一段完全不同的人生，才發現過去的跌跌撞撞都好多餘，過去好多莫名的在意都好不需要在意，在孩子的眼裡看見自己，其實是孩子默默地在教你。

他在教你當爸爸、當媽媽、當他的所愛、當他的世界。

他教你的東西，只有他能教你。

他的世界只與你有關。

在孩子的眼中看見自己。

慢慢發現，你正在牙牙學步地，漸漸老去。

嘴成長

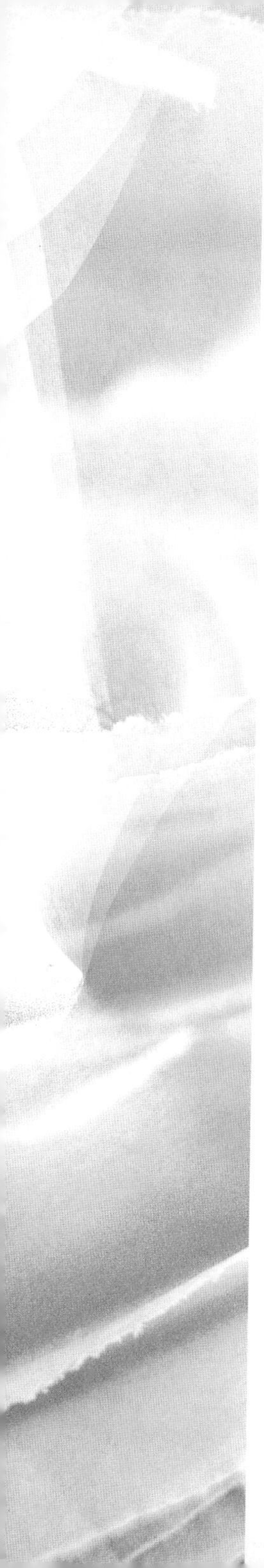

人間疾苦

我朋友說，子雲你名利雙收得太早了，甚至連社會上一般的工作都沒做過，大學還沒畢業就簽約要出書，兵還沒當完書已經出了三本，人間疾苦你怎麼會知道？

這言下之意是我「知道」人間疾苦，還是我「不知道」人間疾苦呢？

我無法否認那所謂的名利雙收，以作者來說，我是那最幸運的幾個人之一，但坦白說，我對名利雙收實在沒什麼感覺，畢竟我本來活在網路裡，我走在路上沒人認識，我連當兵時被年紀相仿的長官認出名字還會被懷疑「你只是剛好同名同姓吧」，唯一比較有感覺的是，確實有一段時間我花錢是沒什麼壓力。

但人間疾苦呢？

相較那些真正過過苦日子的人來說，我懂不了太多的人間疾苦，但我認識它。

就拿我媽的例子來講。

民國四十年左右出生的那一代，窮苦是大多數人身上的標籤，而且可能窮盡一輩子之力都撕不下來。

我媽總是告訴我，她國小很勉強地念到畢業，上初中就跟夢想一樣遙遠，國小一畢業就被外婆「賣」到高雄一戶有錢人家當幫傭，住在有錢人家裡一間很小很小的房間裡，每天起床煮飯洗衣做家事，順便照顧那戶人家的一位行動不便的阿婆。

那時候高雄是一片超級廣大的平原，最高建築只有五層樓，其他全都是一層樓的矮房子。從有錢人家門口望出去，外婆家住在那棟五層樓的方向，只要往五層樓的方向走去，遲早會到家。

但在那個年代，被家世及環境所逼的孩子，家比夢想更遙遠。

對我媽來說，夢想兩個字除了會寫之外，沒什麼其他意義，畢竟那是個光要吃飽飯就費盡力氣的年代，夢想不會比一碗飯重要。

於是當我長大後，我媽還是偶爾聊到以前她那些苦日子，同樣的故事聽了一遍又一遍，當年生活的苦像是一次又一次跟著體會一遍，她會抱怨以前重男輕女的觀念，外婆沒讓她念點書，所以她才會這麼辛苦，而且她只有哥哥弟弟，沒有姊妹，沒有人跟她比較親密，她總是覺得活得很孤單，心底話都不知道要跟誰說。

「所以，子雲啊，你生在一個美好的時代，你不懂媽媽以前那些人間疾苦。」原來在我媽的眼裡，我也是那個不懂人間疾苦的。

但有趣的是，每當她一次又一次地講著那些過去的故事，我便一次又一次地越來越清晰，那所謂的人間疾苦，在我媽身上看見的，其實只是表面。

對，只是表面。

因為在我媽的觀念裡看來，沒過過苦日子，就是不懂人間疾苦。

我甚至在想，如果那些辛苦是大時代的環境造成的，那為什麼同樣從那個時代活過來的人，看起來並沒有我媽這樣的憂鬱、不快樂？

我並非認為問題出在我媽身上，我認為問題出在對「人間疾苦」的認知。

那到底什麼是人間疾苦？標準在哪裡？是不是有一張疾苦清單可以勾選？因為環境差而沒念什麼書的打勾第一項，戶頭只剩多少錢以內的打勾第二項，失去爹娘的打勾第三項。

我相信沒有這種清單，就算有，也沒人會真的把它當標準。

所以我在創作這條路上，習慣觀察人之後，我慢慢地悟出一個道理，所謂的人間疾苦，不是什麼大痛大苦，而是每個人都可能遇到的那些最無奈、最無助的力不從心。

我覺得國一時我在學校被學長霸凌時的無奈與無助，就是人間疾苦，這也是許多人都有過的人間疾苦。

我覺得一個阿公或阿嬤在把孩子養大、讓他們成家立業之後，自己卻成了獨居老人，那就是人間疾苦，這在現今已然二〇二三年的臺灣社會一樣並不少見。

我覺得一對同性伴侶相愛了大半輩子，直到年紀大了生病了住進醫院，卻因為沒有法律對他們（她們）之間的關係保護，使得那個一直在照顧另一半的人在失去摯愛之後，卻更是一無所有，這就是人間疾苦。

更簡單直接的，那些在非洲連鞋子都沒得穿的孩子，那就是人間疾苦。

人間疾苦的定義並不是狹隘的，反而它應該是廣義的。

而且「懂得人間疾苦」之後，並非是要跟別人比慘、比悲、比苦、比痛，反而應該因為自己懂得這些苦，而去做一些能讓別人少苦一點的事。

我並非希望把這樣的觀念講成心靈雞湯，畢竟我打從心底認為那些心靈雞湯之類的勵志語言都他媽的難以下嚥。

我只是抱持一個很單純的想法。

「把我用不到但還很好穿的衣服鞋子，拿去捐給非洲的孩子，那麼我就是在那些慘暗的人間疾苦上面，點了一咪咪，微弱的光。」

人間有人，就有疾苦。疾苦是沒有終止的。

只是我們依然有得選擇。

要選擇跟著一起苦，還是要選擇，當個光。

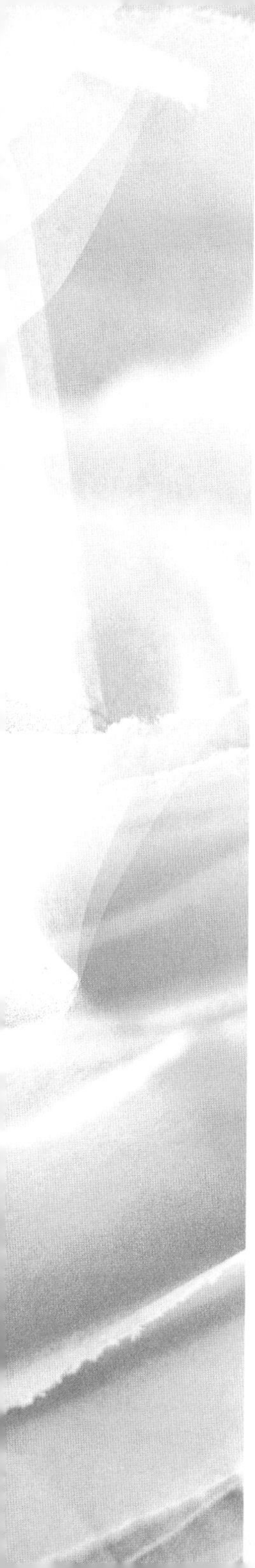

討厭自己可以喜歡自己

有個問題，別人問過我千百遍，我的答案都一樣。

「如果你沒寫書的話，你會幹嘛？」

「就是過我媽設定好，或我同學們走的路，找個穩定的工作，或當個科技業的上班族。」

但現在答案不同了。

「如果我這輩子沒寫書，我就廢了。我不會願意做穩定的工作，我也不會在科技業待太久，不是我不願意，而是我本來就不會這麼做。」

我的性格決定了這件事，我本來就不會這麼做。

我媽要我當律師、當醫師，或是當老師。但我本來就不會這麼做。

我的學歷背景本來就會進科技業或製造業，我大多數的同學都是如此。但我本來就不會這麼做。

我有過一段很自我的歲月，世界繞著我轉，朋友容忍我的愚蠢和浪漫，我不甩家人的意見和他們想打的如意算盤，我的價值觀就是世界的價值觀。

那段歲月足夠長，長到讓我深深地認識自己。

愚蠢的、無知的、自以為是又心虛至極的。

有段時間我無知地覺得沒什麼我會輸給別人的事，但同時心裡心虛地知道，一旦被挑戰的話，我將輸到脫褲子。

北七。

然後我莫名其妙地突然某天醒了過來，我也不記得是什麼因緣巧合，我就是突然發現，原來我的缺點多到令人作嘔。

我問當時的女友，我是不是很討人厭？

「你自己不知道嗎？真糟糕。」

我問身邊的好朋友，我是不是自我中心？

「你好像不這樣就活不下去。」

我問我媽，妳知道我缺點很多對嗎？

「缺點很多沒關係，不要傷天害理就好。」

我出書之後，她對我的要求真他媽的低。

然後我開始反省。

有趣的是，我以為以前的我也會反省，但當我真正在反省的時候，我發現我以前的反省都是有目的的，而且目的只有一個。

「我不想再做討人厭的事，因為這樣會被討厭。」
嗯，我為了不被討厭而反省，但那並非反省，而是為了不被討厭。
但被討厭會怎麼樣嗎？
好像會吧，年輕時的我並不確定，我只確定我不想被討厭。但後來我認知到自己其實根本不在乎被討厭。
突然靈光乍現般地懂得反省是一件很奇怪的事。
我開始把自己縮到最小，然後發現世界大到誇張。我的所知我的所學、我的技能我的專業、我的興趣我的一切，在別人面前其實都是三腳貓而已。
認知到這點後才真正知道，「天啊我以前真他媽丟臉。」
我的工作和我的際遇，會讓我時不時認識各行各業的頂尖高手。
別的不說，被我耽誤了二十多年青春的如玉就是其中之一。以我萎縮一般的腦袋無法分析出她比其他編輯有什麼突出之處，但她光是可以搞定我曾經那些可悲性格導致的低能要求，就值得頒發她一座惠我良多獎。
其實藤井樹是她（與我的第一位編輯黃媽媽）做出來的，我只是那個寫的人而已，而且我還真不辜負這個角色，我還真的只有寫，我連改都不讓她們改，我連意見都不讓她們出，這樣就對了，其餘免談。

北七。

後來我參與影視產業，再一次發現我的無知其實比自己本來認知到的更無知，於是我的世界又長大了一次。在那些用攝影機、用美術道具、用燈光等等就能創作的人面前，我要不是有幾本作品在市場上撐著的話，我根本什麼都不是。

剛進影視產業時，每一次開會，我的腦袋總是捉襟見肘，別說那些需要經驗才能知道的眉角，我連基本的知識都嚴重不足，偶爾想到一個自己覺得很棒的idea，講出來之後發現，原來我不只捉襟見肘，還提油救火。

我開始討厭我自己了。

我開始討厭我自己了。

我真的真的很討厭我自己。

但被討厭會怎麼樣嗎？

不會。

但被自己討厭會怎麼樣嗎？

會，會想死。

於是我開始了一段嚴重否定自我、縮小自我的歲月，世界並不繞著我轉，它本來就不會。朋友不需要再容忍我的愚蠢和浪漫，他們本來就不需要。家人不管有沒有意見我都樂意聊聊，他們本來就該這樣。我的價值觀不再是世界的價值觀，那本來就不該是世界的價值觀。

這段歲月也夠長，長到讓我重新深深地認識一次自己。

在人生活到三十幾歲的那時，我的愚蠢少了點、無知少了點、自以為是少了點。

最重要的是不再心虛。

會的東西本來就已經在身上了，不會的東西要知道自己不會才學得起來。

我對自己教條式地說教，我討厭說教，但感覺還真他媽有效。

我在一邊討厭自己的過程中，慢慢喜歡那個把自己縮小的自己。

然後又十年過去了，我還是沒多大長進。

我會輸給別人的事還是太多了，一旦被挑戰，還是只能輸到脫褲子。

「能不能輸點別的？別一直想脫褲子！」朋友說。

北七。

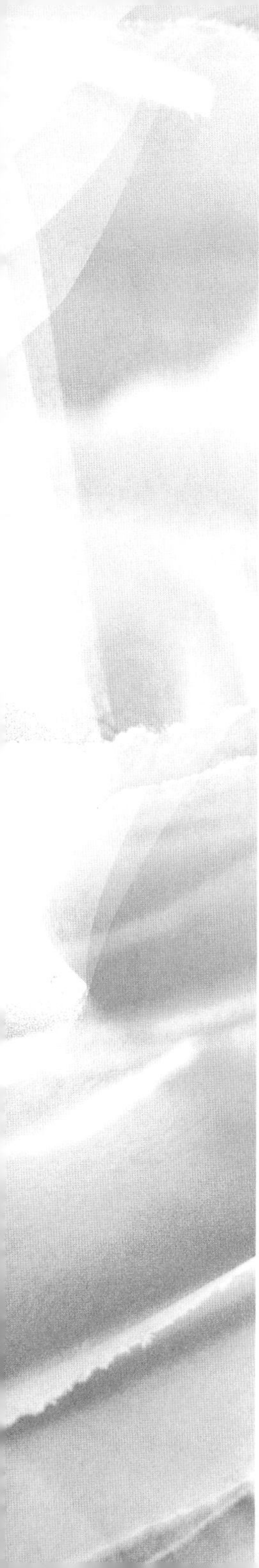

政治腦

我在說我自己。

有追蹤我臉書粉絲團的人大概都知道，我從不吝於表態我對政治的看法，這對公眾人物其實是大忌，我知道，我懂，但我對這個大忌一直存在著疑惑。

我好幾個朋友跟同學都勸過我，不要太直接表明自己的政治立場，我問他們為什麼，他們的回答都是「你這樣是在跟錢過不去」。

這就是我的疑惑。

如果表態就是跟錢過不去，那麼那些眾多不表態的公眾人物，為什麼還有那麼多賺不到錢的？

坦白說，我跟大多數人一樣，本來對政治一點感覺也沒有。

相信大多數人跟我一樣，小時候都被教育不要理政治，政治很髒、政治很危險，搞政治的都不是什麼好人，因為沒什麼背景的人是沒辦法搞政治的。

大概是十幾歲的國高中時期，我對選舉產生好奇，問過長輩一些問題。

問題其實很簡單，就只是為什麼會有選舉、選那些人要幹嘛。

結果長輩一臉嚴肅，「不要問這個，這個你不用知道，你沒本錢就搞不了政治，你有搞政治的本錢就表示你不是什麼好人。」這是那個年代的二分法，「全臺灣的民代，百分之九十是黑道或曾經是黑道，剩下的百分之十跟黑道有關。」長輩說。

他完全沒有回答我的問題，卻讓我更好奇為什麼會有這種答案。

「那不就全部都是黑道？」我問。

「對啊。」長輩說。

「是只有黑道才能選舉嗎？」

「我就叫你不要問你是聽不懂喔？你想搞政治嗎？」

「沒有啊，我只是問問題。」

「你是黑道嗎？」

「我不是啊。」

「那你就不要問為什麼會有選舉，那跟你沒關係。」

這一沒關係就真的讓我以為這跟我沒關係，反正那是大人的事，而我離當大人還很久很久。

直到我人生第一次收到投票通知書，一九九八年地方選舉。

同齡的同學朋友都有點興奮，因為那似乎表示我們已經是大人了。

只有我，我還在冷感，朋友揪我，「欸！一起去投票啦！」喔，好啊去投票。除了因為新聞一直在放送，所以知道市長候選人是誰之外，我根本不知道有哪些議員候選人、他們到底會不會做事、他們有沒有做過貪污殺人放火炒地皮包工程之類的錯事、他們是不是競選連任、他們之前在任期間的表現對高雄市有沒有幫助……相關的事情，我全都不知道。

我去投票只是因為朋友揪，為了湊熱鬧，為了好玩新奇，因為從沒有過這樣的經驗。

進投票所一整個緊張起來，因為不懂程序不懂規矩，不知道該怎麼做。如果不是選務人員在旁提醒，我可能會因為違反一些投票秩序而被請出投票所。

直到退伍後，因為書的銷售很不錯的關係，我賺了一些錢。

而當我隔年收到個人綜合所得稅的繳稅單時，我的下巴掉到地上。我仔細地算了一下上面的數字，國稅局要從我口袋裡抽走的錢，竟然高達七位數。

這是為什麼？這怎麼算的？標準在哪？公式在哪？為什麼我從來不知道所得稅要繳這麼多？

當然傻眼的不只我一個，還有我媽和繼父。

他們找來會計師朋友，替我們全家上了一課。他拿出一張很簡單的表，上面寫著一些級距，收入在A到B之間，要繳C%的稅金；在D到E之間，要繳F%的稅金。而我的收入，大於最多的那一級，所以我要繳的，是四十%的稅金。

那當下我的父母都在哀號，當年他們已經快五十歲了，連他們都不知道原來所得稅的公式跟規定長這樣。我媽開的店是免用統一發票的店家，她對繳稅也是一竅不通，更何況我一個二十出頭的屁孩，還是學生的時候我沒想過這種事，離開學校後直接當兵，我更沒想過去關心這種事。

我甚至從來都不覺得那跟我有關係。

從、來、都、不、覺、得。

當下我媽問了會計師一個問題：「不繳會怎樣？」

會計師說：「不繳就會有滯納金，越不繳就會欠越多，而且會被強制處分，並且禁止變賣財產，車子房子都不行，講簡單一點的，你連出國都不行。」

我們一家三口聽完嘴巴開開，一句話都講不出來。

對，我們蠢到連這個都不知道。

沒多久後，我去銀行領了錢，跑去國稅局紮紮實實地走完一次程序，繳了所得稅。

我還叫了朋友幫我「護鈔」，人生從來沒有一次在銀行裡領過這麼多錢。

繳完那些錢，我心裡一陣空虛，跟朋友們在國稅局外頭點了一根菸，悼念那些鈔票，他們一邊抽菸一邊揶揄我：「北七，賺錢給國家花，怎麼沒想過要怎麼逃稅？」

「逃稅？什麼？有這招？」

「怎麼沒有？不然你以為那些大老闆都怎麼省稅金的？就不說大老闆了，我爸的工廠就是請會計師來記帳，會計師會幫忙合法節稅。」

「什麼？還有合法節稅？」

「你是怎麼寫書的？你的腦子是裝大便嗎？」他們說。

是啊，那時候的我，腦子確實是裝大便。

我從來沒想過，原來那些本來應該是「大人們」才需要去處理的事，竟然會輪到我。

後來我讓他們載回家，看著路面上一條一條正在後退的馬路分隔線發呆，經過一個窟窿，我被震了一下，差點從後座掉下去。

「幹拎娘咧爛路！」我罵了出來。

在那瞬間，我突然想起一個問題，一個啟蒙我對政治必須了解的問題。

「我繳了比別人要多的稅，為什麼我的路沒有比較平？」

那一瞬間，一連串的問題一下子全都湧進我的腦袋。

路是誰鋪的？路要爛到怎樣才要鋪？標準在哪？施工單位是誰管的？鋪好之後是誰驗收的？驗收沒過是誰要負責？路壞了要跟誰反應？反應之後多久內就應該鋪好？

後來靜靜地思考過後，我發現，原來我們一直以來絲毫不以為意、不曾在乎的事情，其實都與我們關係密切，然後我想起以前上學時學過孫文講的一句話：「政治，就是管理眾人的事。」這時我才開始理解到，政治與我們息息相關。

從那天開始，我對政治進入一個新的理解，拿出新的心態，去面對並了解政治所下的每一個決定，而那些決定會對我們造成什麼影響。

我媽是這輩子對我最囉嗦的人，沒有之一。我相信大多數人的媽媽都一樣。

時至今日，她依然會一再告誡我「不要去管政治」，在他們那個年代，政治不能碰，碰了就是出人命。

我跟我媽說：「媽，妳知道我六歲那年，是誰跟我說該去上學的嗎？」
我媽說：「是我跟外婆。」
我說：「錯，是政治。我再問妳，妳知道妳每天出門走的路是誰鋪的嗎？」
我媽說：「是工人。」
我說：「錯，是政治。我再問妳，妳知道妳買菜的菜市場是誰蓋的嗎？」
我媽說：「是建築師。」
我說：「錯，是政治。我再問妳，妳知道是誰規定妳連騎個摩托車都要繳稅的嗎？」
我媽說：「是政治。」
答對了，是政治。
不管你的政治理念是什麼，你的政黨傾向又如何，你都不該漠視政治。
因為它可不管你對它態度好不好，你罵它幹你娘它也無所謂。
政治很髒，你不理它，它就更髒。

人生第一次告人心得

我可能是個好人，但我心裡的感覺不是這樣。

十幾年前，一個朋友來向我周轉現金，金額是五十萬元。

被借錢這種事在我出道（？）之後時常發生。人一輩子總會有不順利的時候，找朋友通常是第一或第二個想到的方法，畢竟跟銀行借有點麻煩而且還有利息，跟爸媽或親戚借會被問一堆有的沒的，而且問完一堆問題之後還不一定借得到。

我借錢給人通常只有一個原則：「看交情」。

我相信大多數人都是如此。

金額多寡自然取決於自己有多少餘裕，或是設定一個上限，超過就是抱歉不好意思。但我這個人有點感情用事，交情很好的，借再多我都會想辦法盡力。

但這個案子是個例外，多年來唯一的例外。

坦白說，我跟他的交情只是一般，交情一般的人來跟我借錢通常只會碰壁。以前我是那種不好意思拒絕別人借錢的性格，但後來發現那是找自己麻煩，而且會後悔。

「我借錢給別人還要後悔，還比對方不好意思？這世界反了嗎？」

這觀念打開之後，我再也不被自己的宅心仁厚情緒勒索。

你跟我交情不夠，開口借錢只會聽到我說「拍謝喔沒法度喔」，我可以請你吃個便當飲料花兩百塊沒問題，但開口借兩百塊我都不會借你，而且我會直接拒絕你。

但這傢伙開口的五十萬我借了。

他說了一堆借錢的無奈跟理由，但我根本沒在聽，我只知道他公司需要周轉，而且他帶來了本票跟印章，感覺像是專業借錢戶，這種必備的借錢道具都帶在身上，展現決心，務必借到為止。

而我借給他的理由只有一個，我跟他有個共同朋友A，我跟A交情匪淺。

他來向我開口之前，有先跟A打過招呼，A也受他之託，打電話告訴我這件事，我只問了A一個問題：「他這個人信用好嗎？」A給了一個信心度大概八十％的答案，而我大概知道為什麼少了那二十％，A是個實在、不說大話的人，他幾乎不做拍胸脯保證百分之百沒問題的事。

但A開口了，我看在他的面子上答應了。

我真的是感情用事的北七，對吧？

我沒有囉嗦什麼就到銀行匯了五十萬過去，換來一張本票，以及兩個月後還錢的承諾。

通常借錢給人的承諾我是都沒在聽啦，多年來被欠債的經驗告訴我，沒幾個人做得到的，又不是第一天出來社會走跳。而且我借錢的對象大都是朋友親戚，遲還我沒差，交情不會因為還款delay就有什麼變化，交情夠的不還錢我也不會怎樣。

不到兩個月的時間，我又接到他的電話，他再次開口要借四十萬。對，我又借了，別問我為什麼，當時我也是鬼使神差一般地就把錢匯過去了，又得到本票一張，以及三個月後還錢的承諾。

通常借錢給人的承諾我是都沒在聽啦……但是這次我聽了。

我在兩個月後傳訊息提醒他，距離償債期限還有一個月，他回訊說收到了他會記得。還錢截止日前幾天我又傳訊息提醒他，他一樣告訴我他記得。

然後呢？然後當然沒還。

他回訊說了一堆理由，文情並茂，像是找了小說家潤稿。我一字一句讀下去，但一絲一毫的同情心都沒有被激發起來，我想他的文筆有待加強。

我讓他延期，再延期，再再延期，直到我自己下了最後通牒。

他悲情招數盡展，包括把屏東老房子賣掉來還錢都講出口了。

我只是冷冷地告訴他，「我不管你用什麼方法，請你還錢。」

「你這樣逼我，我也沒錢還你，我知道你不高興，不然你去告我好了。」

「這種要求我一輩子沒聽過。」

然後我就依他的要求照做了。

這些事A知不知情？嗯，他全知道，他對我很愧疚。

我確實有對A表明我的不滿與怨憤，但也僅止於此。

我覺得這種事不需要把A一起怪罪進來，這感覺像是A當了他朋友很衰，當了我朋友也很衰一樣。

接著劇情就急轉直下了。

他死了。

對，欠我錢的那個他。

他某天在家裡心肌梗塞，人就這樣沒了。

人生總有比戲劇更戲劇的時候，奇怪的是，我的戲劇性人生情節似乎比別人多。

時間來到開庭，在桃園簡易庭，我自己出席。

當下我還在想，他人都死了，我這個案子怎麼辦？

然後我看到一對老夫婦帶著一個小女孩走進庭裡，就走向被告的席位上。

「不會吧……」我心裡暗叫著。

然後法官開口了：「吳先生，被告某某在今年X月X日過世了，你知道嗎？」

「我知道。」

接著法官唸了一堆依照被告的什麼圈圈叉叉的東西我也記不起來，重點就是這個債務關係的債務人，也就是被告，因為當事人生前即被告，而還沒有開庭就死亡的關係，由繼承人，也就是他女兒，遞補承擔被告責任。

「也就是說，現在債務人變成你對面那個九歲的小女生，但依新的法規規定……」

「法官，我現在可以撤告嗎？」

「……蛤？」法官愣了一下，「你確定？你要不要等我新法規唸完再決定？」

「好。」我說。

「新法規規定，她繼承的遺產，不管夠不夠，都要拿來償還你的債務喔，你確定還要撤告嗎？」

「我確定。」

對，我確定撤告。

在我第一眼看到那個孩子和她的阿公阿嬤時，我就決定要撤告了。

原因只有一個，我跟他的事情，跟他的家人沒關係。

我知道他可能有留下遺產給女兒，或許足夠還我錢，也或許不夠。

但又怎樣呢？那些錢應該讓這個孩子拿去念書過日子，而不是替她爸爸拿來還債，然後讓兩個老人家負擔這孩子的未來。而且我猜他應該不會只欠我錢，說不定這孩子和他的父母親還會面臨其他債主的告訴。

我可能是個好人，但我心裡的感覺並不是這樣。

對於這個官司，我耿耿於懷，我心裡知道我並沒有放下。

我不在乎那些錢，因為就算他沒死，就算我告贏了，我不見得拿得回多少錢，甚至可能一毛都沒有。

我在乎的是一個被耍的情緒，一種類似被欺騙的不悅，但多年後回頭看，我或許只是不願承認我借錢給他的愚蠢而已。

十多年過去了，現在我放下了嗎？

其實沒有，如果他還活著，我很可能會三不五時找他麻煩。很可能。

有些事我選擇讓它過去，是因為有些因素使我不得不選擇讓它過去。

我可能是個好人，但我心裡，不這麼認為。

PS：除了我之外的所有當事人姓名都隱藏以保護個資。

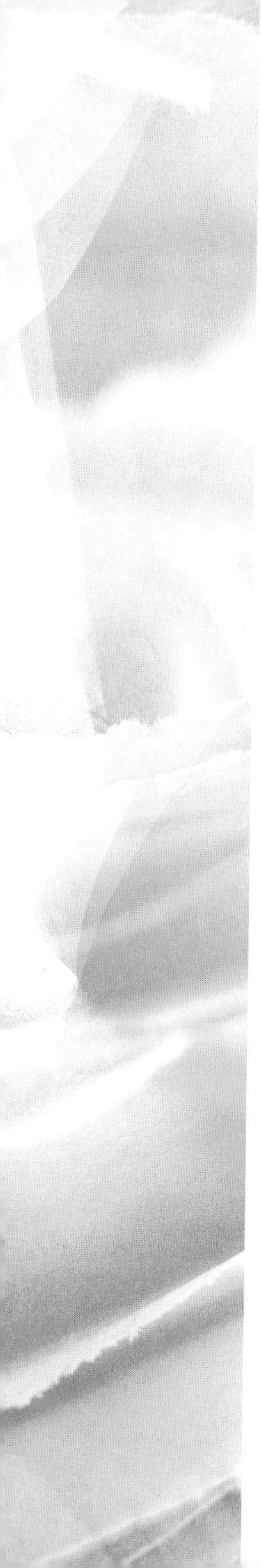

人生第一次被告心得

這個案子讓我對這個世界產生另一個層面的理解。

嗯，是不好的理解。

在我下筆的這一秒鐘，這個案子還在二審上訴階段。

一審我是勝訴的，對方不服再提上訴，我是被告不能不理他，只能奉陪。

這件事本來只有少數人知道，我也鮮少向人提起。

或許有人看過新聞，但新聞少少的篇幅無法說明清楚，我選擇在這裡說出來，其實是一種不甘。

同時google「神鬼女會計」及「藤井樹」這兩組關鍵字，你就會看到新聞。同一篇新聞裡，你還會看到李安導演和他兒子李淳，以及楊雅喆導演的「血觀音」。

我會盡可能抽離當事人的角色，平鋪直述這個事件，以免落入情緒抒發，雖然我決定將這件事訴諸文字是為了抒發情緒。

這個事件，依我的理解，除了神鬼女會計之外，所有的當事人都是被害人，而案件本身是被害人提告被害人，也就是無辜的受害者自相殘殺。

有些當事人的名字或法人名在新聞上都已經揭露，我就不馬賽克了。

這件事是這樣。

神鬼女會計陳玉玲任職雙喜電影公司期間，違法盜取公司金錢，並以洗錢的方式將她盜取出來的錢，匯到許多「與雙喜公司沒有任何業務往來的公司及個人帳戶」，這些都是她已經經手，因為業務方便，加上信任她的關係，而交付印鑑存摺的帳戶。

也就是說，陳玉玲在雙喜工作，但她同時也經手ABCDE等公司或個人的會計帳戶，她手上有ABCDE這些帳戶的印鑑及存摺，但ABCDE這些公司都與雙喜沒有業務往來。

她從雙喜偷錢，把錢匯到ABCDE帳戶，再立刻領出來，錢便不知去向。

我相信她的手法非常高超，所以雙喜老闆過了幾年才發現，而且在發現之前，陳玉玲知道東窗即將事發，所以已經提早自首。

我就是ABCDE其中一家，但據我所知，她手邊有的應該不只五家公司或個人帳戶，確切數字不清楚，但確定超過十家。陳玉玲是我在拍攝電影「六弄咖啡館」時，透過別人介紹所認識的隨片會計。她過去有過多年的隨片會計經驗，經詢問過後，確認是個經驗老道、資歷足夠的會計人選，「六弄」的投資金主不疑有他，就請她來處理片子的會計事務。

因為「六弄」是兩岸合拍片，拍片的錢花在哪裡更需要有清楚的出入紀錄，於是投資金主請我以公司的名義替「六弄」開一個「拍片專戶」，而這個專戶的存摺與印鑑，為了工作方便，就放在陳玉玲身上。

簡單說，「六弄」的委託對她來說，就是讓她多了一個洗錢帳戶而已。

這是惡夢的開始。

因為她一接手「六弄」之後，就真的開始弄了，她多年隨片會計的資歷似乎都是為了這一刻而鋪陳的。

而在這之前，她不知道已經從雙喜公司偷了多少錢出來，又利用了多少間公司的帳戶替她把錢洗出去。

東窗事發後，我請律師朋友提告陳玉玲。

從他那邊得到的消息是，好多公司都在告她，除了雙喜，還有ABCDE。

「法院建議我們跟ABCDE併案處理。」律師這樣告訴我。

「你專業，你處理。我要看到陳玉玲血流成河。」我說。

沒多久後，律師告訴我一個消息。

「雙喜告你。」

「蛤？告我？他們能告我什麼？」

「返還不當得利。」

「蛤？」

返還不當得利，顧名思義就是我要把她從雙喜匯到「六弄」帳戶裡的錢還回去，簡單說，就是雙喜把我當成陳玉玲的共犯。而共犯不只我，還有ＡＢＣＤＥ，雙喜全都告了。

但我跟ＡＢＣＤＥ若是共犯，應該要告的是詐欺或侵占之類的，不是嗎？可見雙喜知道我們與陳玉玲並非共犯，所以找了一個「安全的罪名」來告我及ＡＢＣＤＥ。

「子雲，做為你的朋友，我建議你把你委託我告陳玉玲的案子，轉去替你辯護雙喜告你的案子。」

「為什麼？」

「因為你告陳玉玲沒理由會輸，但說真的，你贏了官司也沒用，我幾乎可以確定你一毛錢也拿不回來，就跟雙喜一樣。」

「她會脫產的意思？」

「不是她會，而是她已經脫產。你忘了她是自首的嗎？在她自首之前，她一定早就做好完全準備才去自首。」

「幹你娘。」

「簡單說，你告贏了沒錢拿，你還要白白浪費律師費。」

「所以意思是，我告陳玉玲以及我被雙喜告的兩個案子，你覺得只要處理被告的就好。」

「對，我建議，因為你告陳玉玲等於白花錢又沒任何效益。」

「那我就白白放過陳玉玲？」

「陳玉玲不會沒事的。」

嗯，律師說得沒錯。

陳玉玲確實被判刑八年半，那是她被其他公司告的結果。

我當初即便告下去，也只是錦上，可能添不了什麼花。

那雙喜告我的呢？

雙喜被偷錢損失慘重，我的公司也是被害者，ABCDE也是。

雙喜把我們這些公司一起告下去，我不知道他圖的是什麼，若有一家敗訴，能拿回多少是多少嗎？答案只有雙喜知道。

現在，下筆的這一秒，雙喜的上訴還在繼續。

這種被害者告被害者的戲碼，我不知道還要演多久。

當律師打來告訴我雙喜上訴時，我直接問他「律師費有打折嗎」。

他很阿莎力地回我：「我給你友情價中的友情價。」

這個故事告訴我們，建議人生中至少要有一個律師朋友，而且要保持好交情。

據我所知，陳玉玲目前在服刑中。

我不知道八年半的刑期確切多久可以假釋，我也不知道其他公司告她的案子是不是也包含在這八年半當中。我只知道，依新聞所說，她侵占盜領了共一億多的金額，這些都是她絕對不會吐出來的錢。她若五年就假釋，那等於一年賺兩、三千萬。

人格垃圾一點的人會不會想拚一拚？

因為再怎樣都比認真打拚要好賺太多了，而人格垃圾不起來的就是認命工作過日子。

在這裡我不討論司法的好壞，因為我知道司法有其極限。我想討論的是，這樣的犯罪、這樣的刑責、這樣的判刑比例，以及被害人幾乎不可能得到賠償的前提之下，是不是需要被修正？

有時候我在夜深人靜會想起這件事，然後拿起手機看看律師給我的訊息，看著那一行「雙喜確定上訴了」，我總會苦笑嘆息。

我太太在這件事情上顯得很難以理解，她不明白，我們這樣一輩子奉公守法的人，為什麼會發生這種倒楣事，她的怨恨寫在臉上。

我朋友跟我有過這樣的對話。

「你還要告她嗎？」

「我的情感面超想，但我的理智告訴我沒用。」

「那這件事你會放下嗎？」

「我的情感面跟理智面都告訴我，我不會放下。」

「如果幾年後在路上遇到已經重獲自由的陳玉玲呢？你會怎麼樣？」

「我的理智告訴我，她一定會有非常可怕的報應。」

「那情感面呢？」

「我希望她的報應就是我。」

說歸說，我還是好好活著賺錢養家吧。

但我會持續詛咒陳玉玲，直到我得到阿茲海默症為止。

話當年

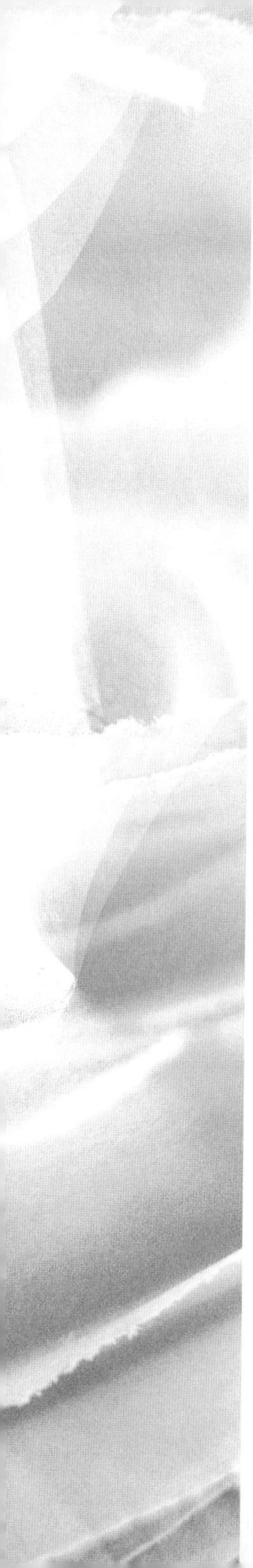

阿梨

跟阿梨在一起的時候，我十八歲，她十六歲。

我們在一起九個月，直到我畢業那天分手。

從我跟她在一起的第一天，她就跟我說：「佛祖告訴我，我會在高中時遇到一個人，我們會有一段緣分，直到他離開學校。佛祖說得沒錯，你真的出現了。」

「佛祖？」

「對啊，佛祖。」

「哪來的佛祖？」

「佛祖無處不在，但嚴格說起來，是佛光山的佛祖告訴我的。」

「祂跟妳說，妳會遇到我？」

「對。」

「然後跟我在一起？」

「對。」

「然後我離開學校就沒了？」

「對。」

「這妳信？」

「我信啊，因為我本來國中畢業就要出家了，但佛祖說我必須念完高中，因為有一段緣要了結。」

「蛤？妳要出家？」

「對啊。」

「現在也這麼打算？」

「一直都這麼打算的。」

「妳既然要出家，那妳跟我在一起幹嘛？」

「因為我要了結跟你這一段緣分啊。」

「佛祖怎麼告訴妳的？」

「佛祖叫師姊告訴我的。」

「所以是師姊說的，還是佛祖說的？」

「是佛祖跟師姊說的。」

「這妳信？」

「我信啊。」

我本來也不信，後來我信了。

在這裡我不會把阿梨的名字解碼，畢竟人家活得好好的，而且還要做人。

雖然我幾乎可以確定阿梨不會是我作品的受眾，但凡事都有萬一，萬一她不小心知道了，說不定會有什麼負面反應，我不想被她的佛祖詛咒。

阿梨是我的學妹，小我兩屆，髮禁年代時，她是少數留著肩上長度的妹妹頭而一點都不違和的，看起來很像未成年（啊她當時就未成年……），眼睛大大的，但是常常無神地看著遠方，裙子裡的安全褲常會不小心露出一小截，她的招牌是咯咯笑聲，還有笑時那兩顆整齊置中但有點突出的門牙。

認識阿梨是因為社團招生，身為高三的聯考生，社團是我少數能逃避課業風暴的港口。新生入學選擇社團那天，我跟幾個高三生藉著社團活動的理由，蹺頭跑去打籃球，直到有人通風報信說這次新生入社的女生比例高於男生，我們把籃球一丟就跑去看妹子了，至於那顆籃球是誰的，我們一點都不在乎。

那群新生妹子裡面，有一個長得非常矮小，但非常可愛，有點日本女明星的氣質，聲音像是卡在青春期還沒完成轉換的半娃娃音，禮貌含蓄但有幽默感（？），我們幾個男生專長的黃色笑話就逗得她哈哈大笑。

然後半娃娃音就被鎖定了，屈指算一下，大概有四個想追她，加上潛在的無表態追求者的話，追求者可能超過十人。雖然我也覺得半娃娃音很可愛，但那真的太擠了，我直接選擇放棄。

迎新露營時，高三生自由參加，我問過幾個同學，「迎新露營要去嗎？」他們的答案都是「不會」。我找不到伴，但我想去，又害怕自己是所有參加的人當中唯一的高三生，於是我想了一個辦法，我只要在營火晚會結束後再去，就說我是來晃晃的，這樣的有意無意，應該不會被人看出我是來陪妹子玩的計謀。

結果我是最後一個出現的高三生。

那些跟我說不會的同學，當天下午就報到了，還跟學妹們開心地烤肉唱歌玩遊戲。跟這些心機仔比起來，我真的好單純。

阿梨是半娃娃音的同班同學，原本存在感就已經很低，加上她又不多話，存在感更低。畢竟她站在半娃娃音旁邊，又沒什麼說話，實在不太會有人注意到她。

但那天晚上半娃娃音被我同學們包圍，沒存在感的阿梨和不加入追求半娃娃音行列的我顯得無處可去。我隨意開了個話題跟阿梨聊天，從日劇聊到音樂，從鄉村風聊到流行樂，竟然這樣聊到半夜。
「學長，我睏了。」
「我也是。」
「那你要睡在這裡嗎？」
「沒有，我要回家。」
我書包一背，自以為帥氣地說了聲再見，往營區外我停摩托車的位置前進。
阿梨跟了過來，「妳該不會要去睡我家吧？」我邪惡地問了這句話。
「你想太多了，學長。」
「那妳跟來幹嘛？」
「我想麻煩你載我去便利商店。」
「喔，妳想買什麼嗎？」
「女生每個月都會用到的東西。」
「喔！了解。」
前往便利商店的路上，因為經痛的關係，她詢問我可不可以借背給她靠一下，這一靠就靠出感覺來了，從靠上去那一秒到便利商店停車的那一秒，我們一句話也沒說，因為我在感受從背上傳來的那股溫暖。

她下車，便利商店的燈光照出她臉色的蒼白，我自告奮勇去替她買衛生棉，還替她借了便利商店的廁所讓她使用。

「謝謝學長，你很貼心。」她說。我們已經在回營區的路上。

「不客氣，我只是看妳臉色不對，像是要死掉了一樣。」

「那要死掉了怎麼辦？」

「叫救護車啊還能怎麼辦？」

「不對，鑰匙掉了，撿起來就好了。」

「……」

說完她就咯咯笑了起來。

很棒啊，經痛到面無血色還能開玩笑，這女生有ㄎㄧㄤ的天分。

我載學妹離開營區又載回來的這件事，隔兩天在社團傳開。

在他們的眼裡，我突然變成阿梨的男朋友，阿梨突然變成我女朋友。我雖然一直否認但心裡暗爽，我承認，但我不知道阿梨怎麼想，我只能安慰她「他們亂起鬨的，妳不用認真」。

然後我在家接到半娃娃音的電話。

「阿梨說她喜歡你，想問你是不是也喜歡她？」

在這同時，我聽到阿梨在半娃娃音旁邊大叫：「妳不要講出來啦！」

很可愛卻很遙遠的回憶。

這段戀情距今已將近三十年，我還記得許多細節，甚至還記得她緊張大喊阻止半娃娃音的聲音。這是專屬於青春時期的愛情，長大之後、老了之後，面對感情的方式和心態都不一樣，我們再也回不去了。

我跟阿梨的感情，很自然地開始，後來也很自然地結束。

我畢業那天去跟她說再見，她轉過頭去，不想讓我看到她掉眼淚。她交給我一封信，跟我說了一聲「大學聯考加油喔」，然後踩著故作鎮定的步伐走了。

她在那封信裡提到，在我下車替她買衛生棉的那一刻，她就有了愛情降臨的感覺，原來佛祖跟她說的人就是我。她跟我在一起之後，一邊覺得開心，一邊在倒數著我即將畢業分手的日子，她從在一起的第一天，就開始在收拾預知失戀的悲傷。

我是不信佛祖的，我管祂說什麼。

我不接受那種分手，畢業之後還是會打電話去她家，但她不接，她家的人也不讓她接。我寫信給她，她沒有回覆過。

當時我很疑惑，為什麼她的信仰這麼堅定，堅定到可以如此決絕地放棄感情又不心痛？

幾年後我輾轉得知，她真的在佛光山出家了。

我驚訝了兩秒，便覺得這件事發生在她身上很正常。

畢竟那是佛祖，我只是凡夫。

逃兵

二〇〇〇年一月底，我搭上一輛老舊的藍皮火車，從高雄前往成功嶺，那是我第二次，也是最後一次到那個地方被操。

第一次是大專集訓，為期四週又兩天。人生第一次剃光頭，穿上充滿霉味、洗不乾淨汗斑，又大小有點不合身的軍綠色軍服，上面繡著「學生」二字，以及自己用奇異筆寫下的學生兵號碼。我在每天被班長轟炸、被八項體能操爆、被戰技訓練折磨、被內務要求虐待和被五百公尺障礙限時通過中，挺過了大專集訓。

那年是一九九七年，臺灣史上唯一一次女兵大專集訓。

很不幸地，我跟她們同一梯上成功嶺；更不幸地，她們的連隊離我們只有兩百公尺不到。那四週又兩天的時間，幾乎每天都看得到媒體在我們四周收集新聞畫面，在中華民國國防部一直以來喜好做表面功夫以及不能輸給女生的理由驅使下，我們那一屆可能是該年度前後各通算十年以來最累的一屆。

一九九九年畢業後，我就把畢業證書交到高雄市政府兵役課，還記得那個收件阿姨問我：「你要早點調還是晚點調？」我猜她們會問每一個役男同樣的問題。「早點調。」心裡懷著不確定、忐忑不安又希望早點當完早點解脫的我說。

然後就九二一大地震了。

九二一重創臺灣中北部，我想大家都知道。國防部調兵入伍的業務也因此而大亂，因為中部的災情最慘，於是行政院下令，先集中為中部役男申請受災戶驗退，條件是役男是否為家中唯一男丁（或哥哥弟弟已經在服役，或獨子服役中），符合重災驗退條件者可拿著受災證明申請，接著是北部，最後才是南部。

於是我等兵單等了半年，在家當米蟲當到父母斜眼相視到極限的時候，終於輪到我去當兵了。

第二次上成功嶺，感覺熟悉了點，適應也快很多。

因為這樣的地方通常食古不化八百年，所以就算我是過了三年再次踏入，那裡一樣沒有任何改變。長官班長一樣機車，飯菜一樣難吃，環境一樣糟糕，補給一樣破爛，大專集訓時蓋的棉被是破的，新兵入伍蓋的棉被一樣是破的。棉被破的倒還好，重點是蚊帳也是破的，蚊子永遠有辦法找到那個破洞飛進來叮我。

我拿著蚊帳去找參四（管後勤補給）班長，說：「報告班長，新兵洞四四吳子雲請示換蚊帳。」

「為什麼要換？」他面無表情。

「報告，因為蚊帳是破的。」

「破的就不能用嗎？」

「報告，蚊子都找得到洞飛進來咬我。」

這時他指著庫房深處，「蚊帳都在那裡，你找得到一件沒破的，我就讓你換沒關係。」他說，表情跟語氣一樣冷得像冰箱，他每個新兵都看不順眼。「他媽的每一個新兵都來找我換蚊帳，我他媽是有多少蚊帳給你們換？破了就破了，讓蚊子叮幾下是會死嗎？媽的一群公子哥！」他越講越大聲，我想他應該有躁鬱症。

我放棄了換蚊帳的請求，我相信他沒騙我。因為晚上就寢之後，整間寢室睡了七、八十個人，啪啪啪打蚊子的聲音此起彼落。

在新訓中心，除了正常操課之外，最常發生的就是出公差。

班長會在部隊前大喊：「公差Ｘ員，要的主動出列！」他永遠不會告訴你公差內容是什麼，都是到了出公差的地點之後才會揭曉答案，因此出公差在新兵眼中像是賭博，賭對了就是爽，賭錯了會累炸。

而我對公差無役不與。

我不管公差是什麼、哪個班長帶隊、會不會累、有沒有可能爽、早點完成公差會不會有機會摸魚……這些事我都不在乎。我只想離開那個既無聊又充滿肅殺氣息的連隊，我想去別的地方看看，就算沒有風景、就算沒有福利，我也樂意。

有一次公差是去清理並移動營廚庫房，把舊營廚庫房的所有東西移到新的，距離不遠，大概就一百公尺頂多，但營廚庫房裡什麼都有，我說的不是吃的，是動物。

跟一隻幼犬差不多大的老鼠、小貓幼貓、小狗幼狗就不講了，壁虎天天在看也不說了，奇行種等級的有蛇、死掉的松鼠屍體、數以百計的喇牙，和一眼望不完的蟑螂。

說真的，我這輩子沒見過那種畫面。

一群阿兵哥在搬東西，臭青母之類的蛇探出頭來看我們在幹嘛，「天啊有蛇！」我的鄰兵大喊之後，所有阿兵哥包括班長全部定格，像時間靜止，所有人的目光都在那條蛇身上，牠老大似乎也有被驚嚇到，但確定沒人要攻擊牠之後，便悠哉地緩緩爬出去，我不知道別人怎樣，我是全身起雞皮疙瘩。每搬開一個東西，蟑螂就會忙著四處逃竄，喇牙就會衝出來忙著獵食蟑螂。庫房裡的老鼠大多成精了而且不太怕人，被咬破的米袋通常都是牠們幹的。

那次公差之後，班長帶我們去福利社，那是出公差後最高等級的福利。

「要買吃的喝的自己去買，十分鐘後福利社門口集合，我警告你們，不要給我出狀況。」說完，班長搖搖擺擺地走了，不知道去哪裡摸魚。

我記得我買了一瓶麥香紅茶，像是幾百年沒喝過一樣，每一口都甘醇無比，我心情整個放鬆到一邊喝一邊躺在福利社門口的地上，任我的同袍們跨過我的身體。他們笑我是不是瘋了，還有人故意踩我肚子跟老二跟我開玩笑。

但我沒理他們，我就這樣看著天空，心情從輕鬆愉快慢慢轉成惆悵。

我為什麼會在這裡？我還要在這種地方待兩年，而且我根本不知道新訓結束後我會被分發到哪個部隊，我很害怕、我很無助、我對未來有著前所未有的茫然，而那個未來卻像猛獸一般張著血盆大口持續逼進。

那種對無知未來很深沉的恐懼讓我突然想逃兵。

但我能逃去哪裡？我又能怎麼逃？我想起入伍後第一週便開始站夜哨，我的班被分配到站東向樓梯口，那是個可以看見臺中市夜景的地方。

半夜，氣溫很低，臺中市夜景像覆上一層水膜一樣波光粼粼。

我能看見靠近成功嶺圍牆的人家正在看電視，那距離圍牆大概只有五十公尺，我翻過圍牆就自由了。接著我又看見一輛南下的列車順著山下的鐵軌緩緩前進，如果我現在就在那列火車上，那該有多好。

我想逃兵，我超想，但我自知辦不到。

我相信很多人都跟我一樣，逃的念頭都只是想想而已，最後都認命地接受了。

後來部隊來新訓中心選兵了，我被挑中前往四三砲指部，全連一百五十個人，只有三個人（包括我）同行。

四三砲指部？那是什麼？它在哪裡？操嗎？可怕嗎？有什麼傳聞嗎？

離營前一夜的晚會上，因為已經結訓，大家都輕鬆起來，所有新兵都圍著班長問，問那些關於自己即將要去報到的單位的資訊。

但班長不知道四三砲指部在哪裡，問了排長，排長也不知道，問了連長，連長只說應該在南部，他不確定。

隔天，一輛軍綠九人得利卡來接我們，唱名四三砲指部三位新兵上車。

我們背上黃埔大背包，被帶著從臺中成功嶺出發，前往四三砲指部。

然後，我們來到仁美，四三砲指部的門口。

我未來一年十個月要待的地方。

下部隊最可怕的三件事，學長欺壓、學長欺壓，以及學長欺壓。

那是部隊一直以來的陋習，甚至可以說是無解的迂腐。根據人性本惡為出發點，這種老鳥欺負菜鳥的狀況永無寧日。當然我當兵的時候已經比我父執輩要好，而比我晚當兵的又會比我好，但能好多少？好到什麼程度？我打一個大問號。

從幾十年前到現在，部隊裡被虐死或受不了壓力自戕的案例層出不窮，且絕非個案。網路上隨便查都是一堆。

我印象最深的兩個案子，一是一九九五年海軍南陽艦二兵黃國章事件。

黃國章在死前十六小時曾打電話跟母親說「我的船出海後會有人對我不利」，但母親無力處理，只能勸他忍耐。當天半夜，黃媽媽花蓮老家的電話響起，是海軍打來的，「妳兒子受不了軍中壓力跳海自殺了。」

十天後，黃國章的遺體被中國漁船打撈到，黃媽媽到中國要回遺體，但中國不願放行，她在無奈心碎之下，接受黃國章在福建當地火化的結果，只帶回來四張照片，交給監察院的委員展開調查。

照片放大之後，發現黃國章頭部插有鋼釘跟一個三角形利器，這調查結果上了媒體，全國譁然。中國民國海軍也開啟自己的內部調查，兩年後，調查結果是「查無殺害棄屍證據」，全案不起訴。

二〇一五年，案子到了高雄地方法院審理，時任南陽艦艦長「因未積極搜救」被依業務過失致死罪送辦，但這個罪名的追訴期是十年，一九九五年發生的事，到二〇一五年早已過了追訴期，全案以不受理告終。

那把鋼釘跟三角利器插到黃國章頭上的人呢？

而該負起連帶責任的人呢？

嗯，他們一點事都沒有。

另一件印象深刻的案子，就是二〇一三年的洪仲丘事件。

和黃國章事件一樣，國防部再次示範什麼叫「掩蓋專業」，軍高檢檢察長曹金生很專業地在所有媒體面前跳針多次，表示監視器調查的結果是「完全沒有畫面」。這也引發了數十萬人包圍國防部的社會運動，並促進了非戰爭狀態下的軍事審判全數移到一般法院審理的進步結果。

只是，非得用一條命來換制度的進步嗎？

我認為老鳥應該要照顧菜鳥，因為菜鳥不懂，所以更要教，而不是虐。

我能認同部隊是不同於一般社會的單位，因為屬性與實質所需都是高要求，所以必須嚴厲督促，但走過那近乎體能霸凌及言語霸凌的路後，菜鳥學到的是部隊所需，還是只感覺到膽顫心驚？

這題我有答案，九成九是後者。

到部隊之後，學長給菜鳥的下馬威，就是晚點名後的「操練」，那有個專有名詞，叫作「銜接」。

當晚點名結束，排長喊了部隊解散之後，就會有學長在隊伍裡大喊「到部未滿XX天的留下」，XX通常是一百天。聽到這個指令，到部一天的要留下，到部九十九天的也要留下。

銜接的內容，其實就是學長一邊訓話，一邊操爆你。

在上百隻蚊子進攻你的同時，你只能立正，絕不能動，你一動，所有跟你一起留下的菜鳥（包括比你早到部但還不是老鳥的學長們）就會被連坐處分，通常是伏地挺身聽口令一下二上，你會一邊被蚊子叮，一邊被操體能。銜接的時間長短取決於學長的心情，短則十分鐘，長則半小時不定。

銜接是一種傳統，改良後的傳統，讓菜鳥對老鳥產生敬畏，讓老鳥對菜鳥建立威信，可以減少士官以上幹部的領導壓力，同時也能讓部隊的效率提高。但畢竟每個人的抗壓力不一樣，長時間暴露在言語及體力霸凌的狀況下，總會有人出意外的。

出什麼意外？大致有三種：犯上、逃兵、自殺。

下部隊的前幾週，我多次想犯上，對象就是一些機車學長，但我忍了。我也多次動起逃兵的念頭，但我知道那終究會被抓，徒勞無功。

至於自殺，我的個性不會也不可能自殺，說起來有點可惜。（咦？）

後來習慣了部隊生活，又因為承接退伍學長的業務關係，晉升下士，也就是班長，我才開始有了「我會平安退伍」的安心感。

但這時候我的連隊來了一個高手，姑且叫他阿P好了。

阿P人長得很瘦小，臉部嚴重凹陷，身高大概只有一六〇，體重可能四十出頭，我相信他如果再皮包骨一點，應該就會符合免役標準。而他到部之後的所做所為，讓我徹底相信，他會這麼瘦小，是因為他真的希望自己能免役所造成的。我相信他在當兵前一定想盡辦法要逃避兵役，所以他想瘦到免役。

既然在部隊看見他，就表示他失敗了。

但雖然免役判定失敗，這位老兄依然沒有放棄，「免役不行，那我驗退總可以了吧？」

驗退有很多方法（或者說是條件），例如地中海貧血、脊椎側彎超過幾度、扁平足、心律不整，或精神狀態不正常等等。

阿P沒有貧血、沒有脊椎側彎，也沒有扁平足，更沒有心律不整。

所以他剩下的唯一一條路，就是「裝瘋」。

在部隊裡，我們都聽過很多裝瘋事蹟，但沒想過自己能親眼目睹。

阿P一開始是裝聾作啞，任何人跟他講話，不管是好言相勸還是破口大罵，他就是盯著你看，不回話，也不做反應，但操課過後的休息時間，他會在吸菸區跟人聊天，講話比較慢，而且聽得出來是故意大舌頭。這個階段，我們都只覺得他在裝死。

後來阿P開始自言自語，說什麼也沒人聽得懂，問他在講啥，他偶爾會回你「我在跟旁邊的人說話」，但他旁邊其實沒有人。

接著阿P開始測試全連所有人（包括連長）的底線。

起床號響起，他繼續睡。

早點名連集合場集合，他比連長還晚到。
按表操課，他直接背對班長及講師，視線看著樹梢。
莒光日看電視，他給你趴著睡覺。
吃飯時把自己搞得像三歲小孩一樣，弄得滿地滿桌都是。
上廁所會直接露鳥給附近的人看，大便不關門。
銜接時被蚊子叮一定跳來跳去，於是一起被銜接的菜鳥全部遭殃。
以上所有行徑，都給他帶來很嚴厲的懲罰，但他根本不怕，而且有罰跟沒罰一樣，因為處罰內容他根本辦不到。曾有學長想動手打他，但他真的不堪一擊，考量一拳下去可能喪命的後果而作罷。
後來我們對阿P已經沒有任何要求，所有事情他只要在旁邊站著就好，不要影響或害到別人，對連上所有人來說，這就已經是幫了大忙。
但他老兄不放過我們。
一天半夜，我值安全士官哨。
突然有線通信排寢室一陣騷動，並在燈火管制時間打開了燈。
我衝過去一看，只看到阿P在上鋪，全身赤裸露出屁股採蹲姿，而他的床單上有一坨大便，另一坨正從他的肛門滑出來。重點是，睡在他下鋪的學長，被阿P穿透床墊的尿滴得全身都是。

我相信那學長幾乎就要殺人了，要不是有人幫忙把他架出去，我相信阿P應該會被秒殺。這件事立刻報告連長，連長指示阿P不准睡覺，就在安全士官桌旁邊站到早點名。

所有人得到了一夜好眠，而我得到了跟阿P講話的機會。

「我是打從內心深處瞧不起這個人的。」這是我對阿P的最終看法，也是我跟他講話時秉持的中心思想。

「阿P，你覺得你這樣就會驗退嗎？」

「你不要以為沒人知道你在裝瘋，所有人都知道你在吸菸區抽菸的時候有多正常。」

「就算讓你拗到醫院去，你也騙不過醫院的精神鑑定。」

「你想裝白癡讓醫院給你驗退，你是當醫師都白癡嗎？」

「我剩不到半年退伍，你不用想比我早退。」

「從今天開始，我不管你會不會驗退，只要我背上值星班長，晚點名後的銜接，我喊伏地挺身預備，你就他媽給我趴下。」

我跟他說這些話的時候，他只是兩眼無神地看著我，沒有任何回應。

又過了一陣子，某天晚上，我從指揮部忙完回到連上，晚點名剛開始不久，連長站在連隊前面講話，我報備辦公之後走上二樓，跟安全士官打了聲招呼，就回到我的辦公室。

我才剛坐下不到一分鐘，連集合場就傳來響徹雲霄的一聲「幹拎娘機掰」，我認得那個聲音，是睡在阿P下鋪的學長。我衝到安全士官桌旁，居高臨下看著連集合場的所有人，有線通信排的人已經全部散成一個半圓，行政排跟無線通信排的隊伍也已經歪七扭八，完全看不出那本來是個ㄇ字形的講話隊形。

而被孤立在隊伍之外的，是阿P。

他腳底一圈黑黑亮亮的液體，是他的尿。

對，他在連長講話時直接尿給所有人看。

這不是他第一次表演失禁，連上所有人的反應不是驚訝，而是憤怒。

但憤怒又能怎麼樣呢？

又一天，阿P在按表操課時表示他身體不舒服，那大概是他第一百次身體微恙。排長命令一個學長陪他去醫務室找醫官，結果出乎意料，醫官開了隔天的轉診單，請他到外面的大醫院進行檢查。

也不知道是什麼原因，當天連上的士官全都不在，有空又最高階的剩下一個伙房一兵，連長要求伙房兵陪阿P去轉診。

那個伙房兵是個好人，憨厚老實型，臉上常掛著笑容，伙房工作再累，他也還是笑笑的。我想，他可能是全連唯一對阿P的存在沒有什麼負面情緒的人吧。

結果他們兩個在轉診後跑去召妓。

我們為什麼會知道？因為他們召妓時遇到臨檢，警察單位通報部隊。

伙房兵回連上後招供，是阿P帶他去的，他根本不知道阿P要帶他去哪裡，「他就說要去一個地方找人，」伙房兵說：「我是後來才知道那裡可以叫小姐，但他早就叫好小姐進去了，沒多久警察就來了。」

而阿P呢？一問三不應，裝傻到最高點。

這件事傳到指揮部去了，指揮官不允許指揮部的直屬勤務連（就是我們）有這樣的爛兵，他要求以最快的速度將阿P送去醫院鑑定，若鑑定結果是正常的，就軍法處理。

我先說結果，阿P成功「逃兵」了。

一天假日，部隊放假，連上只有少數人留守。

當時我正值安全士官哨，坐在安官桌上看雜誌。

遠遠聽到有人走上西側樓梯，我瞥眼一看，是阿P。

阿P從西側樓梯往安官桌走過來這一路上一直看著我，臉上堆滿笑意。

他在安官桌前停了一下，看著我，用他從沒讓連上任何一個人聽過，一點大舌頭發音障礙都沒有的「正常聲音」，跟我說了一句話。

「你還沒退喔？哇哈哈哈。」

說完，他走進寢室，拿了東西，吹著口哨，離開了部隊。

他說這些話的表情，像是電影中反派得逞後的賤樣。

我永遠記得這天是我的破百日，距離我退伍，還有九十九天。

阿P比我早退伍，而且是合法的「逃兵」。

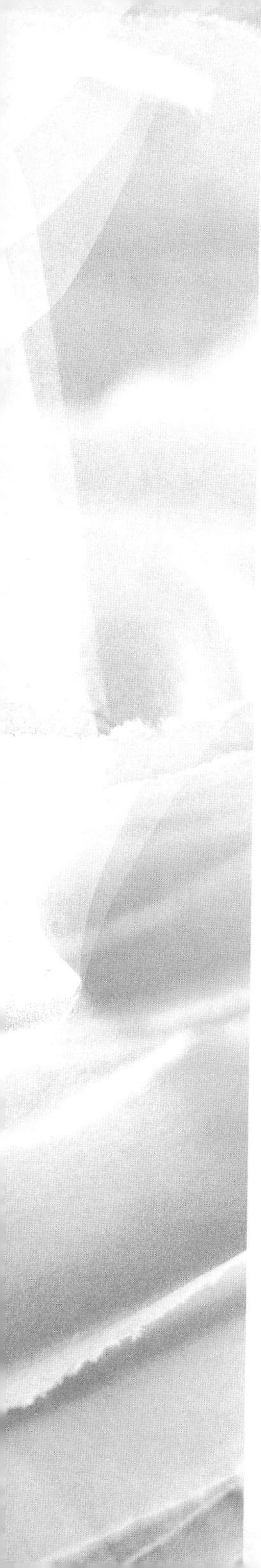

那天夜裡的最後一瓶啤酒

退伍後跟同連隊的學長（他一八三八梯，我一八四四梯）住在永和，一間老舊公寓的頂樓加蓋，室內約莫二十坪大的空間隔成兩房一廳一衛一廚房，二〇〇一年，那是間兩個男人的男子宿舍。

當兵的時候就知道這傢伙腦袋有問題，而我喜歡跟神經病交朋友。

我相信這世界上只有神經病才能讓你真正學到有用的東西，因為正常的腦袋我們都已經看太多了，只有神經病才會發現人煙罕至但風景秀麗的人生路線。

這個神經病畢業於成大，看不出來是個會念書的人，畢竟他講話有點低能，而且兩眼始終無神，表情永遠在接近斷氣的狀態。

「你這麼北七是怎麼考上成大的？」

「什麼？我是成大的？」這是他的回答。

雖然他很北七，但是他笑起來很陽光，像個青春期的男生（如果你不去注意他很年輕就浮出來的魚尾紋的話）。我猜他當時的女朋友是被他的笑騙來的。

有一段時間我們會把房門打開（為了說話），但各自在自己的房間裡上聊天室和BBS，約網路上的女生一起出來看電影、吃飯或是去泡酒吧。通常幾個小時過去，我們還在房間裡約不到半個人，連晚餐都忘了吃。

直到有一天，他發現了一個假交友真聯誼的網站，像挖到寶。裡面有上千個男生，只有幾十個女生，性別可以從ＩＤ的符號看出來。我們秉持著先約出來再說的宗旨在那個網站上亂槍打鳥，從來沒有成功過。但因為他是神經病（好吧我也是）的關係，我們講話可能比較不無聊，所以我們成功地要到了一些手機號碼跟email。

海鷗就是這樣認識的。

我在那個聊天網站的ＩＤ叫阿卡，別問我怎麼取的，反正我當時在各大聊天室都叫阿卡。

我沒問過海鷗的名字，我只記得她叫海鷗，這是她在那個聊天網站的ＩＤ，那年她二十七歲。

她是第一個給我手機號碼的人，但我在跟她見面之前從來沒打過。我問她有沒有在玩ＢＢＳ，她說有，我們便約了一個比較冷門的ＢＢＳ站，在上面互丟水球（傳訊息）。

大概聊了一個月後，我們的話題開始進入另一個層面，除了互相問對方的第一次性經驗之類的話題外，還聊到一夜情。

「這麼開心的事我從沒遇到過，但為什麼聊到這個來？妳想嘗試一夜情？」

「有機會的話會啊。」

「所以妳去那個聯誼網站是要找一夜情的嗎？」

「一夜情不用找啊，遇到就知道了啊。」

「啊如果一夜情之後變成兩夜情咧？」

「那就兩夜啊。」

「如果變三夜咧？」

「那就三夜啊。」

「如果變交往咧？」

「那就交往啊。」

「那妳不是想一夜情啊，妳這是隨緣了啊。」

「不管是一夜情還是交往，本來就隨緣啊。」

那年二十四歲的我，被二十七歲的她上了一課。

「那我們要約出來一夜情嗎？」我說。

「有緣的話可以啊。」

「那什麼時候有緣？」

「有緣的時候啊。」

「妳念哲學的嗎？」

「不是啊。」

「那妳怎麼講話這麼哲學？」

「因為我不知道你什麼時候有空啊。」

「有空要幹嘛？」

「一夜情啊。」

「……」

然後我們就約好了幾天後的晚上十點出來吃消夜。

「她答應你要去吃消夜？」學長問。

「對啊。」

「恭喜恭喜。」他雙手作揖，像在拜年。

「恭喜什麼？」

「你要幾個保險套？我房間很多，你自己拿。」

「她只答應吃消夜，沒答應要跟我上床。」

「啊！」他面目猙獰，手按在左邊胸口上，像是心臟中了一槍，「天啊你不知道嗎？吃完消夜就可以上床了啦你山頂洞人喔？」他的表情像是我孺子不可教也。

「這麼開心？啊如果沒有咧？」

「沒有就沒有啊不然我還要幫你打手槍喔？」

他邊說邊走進房間拿了幾個保險套給我，我莫名其妙就收下了，心裡做著春夢。

我跟海鷗約好時間去她家樓下接她，在那個沒有導航的年代，我提早一個小時出門看地圖找路，「你到我家樓下打給我，可以嗎？」她傳來簡訊這麼說。

我到她家樓下時大概花了十分鐘做心理建設，畢竟我們沒見過面、沒聽過聲音，也沒交換過照片，我怕我期待太高，也怕她期待太高，然後兩個人吃著饅頭夾失望，吃完禮貌道別各自回家。

但那天的狀況有點出乎意料（其實也不敢有什麼意料）地順利，從她上車到吃完消夜，我們的話題沒停過，有說有笑，像是認識很久的朋友。

吃過消夜，她提議到安和路上的卡內基酒吧續攤，當年我還滴酒不沾，生活壞習慣只有抽菸，但人家都開口了，怎麼可以拒絕？

而且我也不想拒絕。

她喝了幾瓶啤酒，我點了可樂，我們在卡內基又聊到半夜兩點。

她帶著一點醉意，問了我一個問題。

「等等我上了你的車之後，你有兩個選擇，一個是載我回家，一個是載我去你家。」

「這怎麼選？」

「選你想選的那個，你不用告訴我，你只管開車就對了。」

我選了我家。

到我家之後，我打開冰箱，問她想喝點什麼。

她沒有猶豫，拿了學長的啤酒，然後走進我沒關門的房間。

這時學長打開房門探出頭來，「我聽到女生的聲音。」他睡眼惺忪地說。

「對，你可以回去睡了。」

「我去戴耳機，你慢用。」他說，把房門關了。

嗯，他北七歸北七，重要時刻真的很上道。

海鷗靠著床坐在地毯上，啪一聲打開啤酒，喝了幾口。

「阿卡，」對，她也沒問過我的姓名，我也沒打算說。「你為什麼不喝酒？」

「我喝過，但覺得很難喝，就放棄了。」我走到窗邊，打開窗戶，點了一根菸。

「菸也很難抽，為什麼你抽？」

「我也不知道，就，習慣了吧。」

「我問你個問題，我符合你的期待嗎？」

「蛤？」

「我符合你一夜情的期待嗎？」

「聽實話嗎？」

「聽。」

「我沒想過妳的樣子，我不敢想，我怕會失望，我也怕妳會失望，所以我沒有期待。」

「好巧，我對你也沒期待，但還好你乾乾淨淨的，而且手指頭很漂亮。」

我看了我的手一眼，「妳喜歡看男生的手指頭？」

「男生女生都看，我喜歡手指頭漂亮的人。」

「所以我該謝謝我媽生給我好的手指頭。」

「沒錯，我可以再來一瓶嗎？」

「妳盡量喝。」我說。

那天夜裡最後一瓶啤酒打開時，天已經快亮了。

我們就這樣，一個站在窗邊抽菸，一個坐在地上喝酒，嘻嘻哈哈地又聊了三個小時，直到我夜貓子的生理時鐘在五點多催促著我去睡覺。

「海鷗，我不行了，我要睡覺了，妳繼續喝沒關係，冰箱還有，妳盡量拿別客氣。」我爬上床，直接趴在枕頭上，這些話是埋在枕頭裡說的。

「嗯，好。」她回答。

「如果妳等等就要走，外面的門直接開門關上就好。」

「嗯，好。」

「不好意思我沒電了。」

「嗯，好。」

了。

等我醒來已經接近中午，原本地毯邊好幾瓶啤酒罐已經消失，海鷗也不見了。

我坐起身來，尋找我的手機，想打給她，問她是否平安到家，卻在我的桌上看見一個塑膠袋，裡面裝著一杯已經退冰的奶茶，和一個三明治，而在那旁邊的，是一張便條紙。

阿卡，這是很棒的一夜情，原來一夜情可以不脫褲子也一樣開心。

早餐是我拿了你公寓鑰匙去買的，你請我吃消夜，我請你吃早餐。

海鷗先飛走了。有緣再見。

說夢想

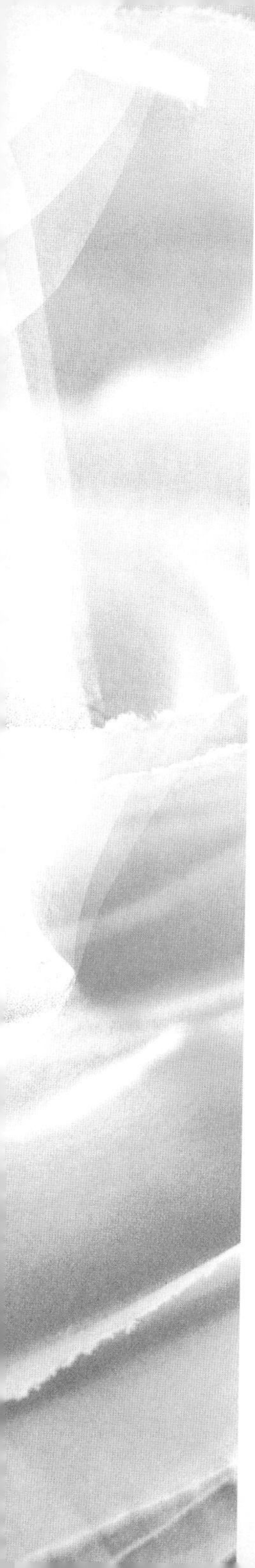

把劇本丟掉

我第一次寫劇本在二〇〇二年，在那之前，我連劇本長什麼樣子都沒看過。我就莫名地被邀約，也沒什麼考慮就加入，因為誤信某位前輩「你不用擔心，寫劇本沒多難，我給你幾本劇本回去看，你寫小說出身的，很快就懂了」這段話，重點是我看完劇本之後還真沒覺得有多難。

直到我真正下筆之後，突然發現我人在一個未知的空間裡，那感覺像是我以為我還在陸地上，但一轉身發現我不知道何時上了賊船，而陸地已經小到幾乎看不見了。

對我來說，最大的差別是，小說是一個人完成的，編劇是一群人完成的。同樣都是說故事，小說的技術和編劇的技術天差地別。

就我所知，小說業內的人轉行或斜槓寫劇本，需要的適應期比較短。而編劇業內的人起心動念想寫本小說，會有在框架裡橫衝直撞的感受。撞的是編劇技巧所養成的框架，但想完成的卻在框架之外。

但是寫小說跟寫劇本哪個難？別人我不知道，我個人認為劇本比較難，而且難不少。光是綜合團隊意見與學會妥協就難到想哭。

尤其是學會妥協。

寫小說是一個人完成的，我指的是在交稿之前。

一個人決定一切就是獨裁，寫小說就是用最獨裁的心態寫出最民主的作品，白話文就是用一個人的意志去完成絕大部分人都能接受的作品。我不需要跟誰妥協，在我小說的宇宙裡，我就是上帝。

但劇本不是。

劇本是少則幾人，多則十幾人甚至更多的集體創作。並非每一個參與討論劇本的人都懂劇本的技術，但肯定每一個參與劇本討論的人都是有權力改變劇本的，所以劇本的討論就是一群人在努力地說服對方接受自己的想法。

「努力說服對方接受自己的想法」這句話在日常生活就已經難上加難，對吧？

通常有權力參與劇本討論的（指前期），除了編劇之外，就是監製、導演和片子的老闆，這些人都是片子在劇本階段不可或缺的角色。而身為編劇，當你無法說服這些人走你想走的路線，除了長期抗爭（假設沒什麼時間壓力，但通常一定有時間壓力），剩下的唯一方法就是順著他們的要求，走他們要的路線。

照別人的意見修改劇本，最麻煩的就是動輒分筋錯骨的架構更動，那並不是幾場戲改一下就結束了，因為劇本一場扣著一場，一個設定連著一個設定，胡亂交差是絕不可能通過的，牽一髮動全身這句話，超級適合拿來形容編劇的工作。

一九九七年有一部電影叫「變臉」，導演是吳宇森，兩大男主角是尼可拉斯凱吉和約翰屈伏塔。片商老闆力挺吳宇森執導本片，並且在劇本開發階段就下了「任何人都不要影響導演的想法」的命令，給了導演最大的創作自由。

但即使老闆都賦予一個人這麼大的決定權了，「變臉」依舊改了好幾個大綱才定案，而且它本來是一部「太空科幻片」，幾經推翻重來的大工程才回到地球，變成「警匪動作片」。

可以想像，第一批參與開發的編劇看到故事從外太空降落到地球，他們的表情會不會非常耐人尋味？

「咦？這是我們當初寫的那部嗎？」

「對啊？啊不是堅持故事要發生在二二〇〇年的太空？」

「等等，確定這個警察跟壞蛋不繼續在太空廝殺嗎？」

我相信他們之間曾有過這樣的對白，因為身為編劇，我也會有這樣的疑問。

我參與過劇本從無到有的開發，寫過根據原著改編的劇本，也曾經接手架構跟設定幾乎要重來，只保留精神的劇本修改，也當過僅參與討論，不參與實質編劇的顧問工作……多種編劇狀況，坦白說，即便這樣不多不少的經驗累積起來，劇本工作的深度以及能發展的樣子依然深不可測。

就像身為專業的小說寫手及影視編劇工作者，當我看到二〇一五年麥克法斯賓達主演的「史帝夫賈伯斯」，我很難相信那部兩個半小時的電影只寫了四場戲。同樣地，當我看到二〇一四年大衛芬奇導演的「控制」，我也很難想像一部劇本在故事中間就告訴你整部片的謎底解答，但電影後半部卻更好看的劇本安排手法是怎麼突破的。甚或導演史蒂芬索德柏在二〇二一年幹了一件事，他把梅莉史翠普這種神一般等級的演員叫來，不給劇本，攝影機擺了就開始拍。

現場副導問導演：「要讓演員說些什麼？」

導演說：「不管，就讓他們說吧。」

於是片名就叫「讓他們說」。

而香港電影導演王家衛對於沒劇本的片子似乎更知道該怎麼導，「射鵰英雄傳之東成西就」是一部集合張國榮、張學友、梁朝偉、林青霞、張曼玉等等眾多港臺明星的電影，但它沒有劇本。或者應該說，劇本在王家衛導演的腦袋裡，只有他知道電影在拍什麼。

以前我一直沒能想透，沒劇本的電影是怎麼進行的？

直到我拍完「六弄咖啡館」，在殺青酒宴上，我的電影監製李杰導演出面邀請侯孝賢導演來入宴，我大膽問了他一些問題，「我在現場總是很糾結，要怎麼確定自己拍的是對的？」我說。

而侯導給了我一個答案。

「到了現場，就把劇本丟掉。」

蠢蛋是聽不懂智者的答案的。

於是這句話從他告訴我至今（二〇二三年）已經八年，我依然尚未悟透。

關於那個拍電影的夢想

根本沒這回事。

我知道我在自己的作者簡介上寫過「能夠留下至少一部電視劇、一部電影給這個世界」，但並非指的是「我自己拍」。

我從國小三、四年級開始被啟蒙畫畫，只因為一本舊到不行的早餐店借閱的漫畫書，甚至我連書名都忘記了，我只是喜歡那個主角的線條、作者的筆觸，還有他講故事的方式。

我開始試著在紙上學著畫，畫那些我腦海中記得的每一個樣子，不管是我媽、我死去的生父、我家的第一隻狗，或是那個很凶很愛打我但又很照顧我的國小導師。接著我在同學家看到四格漫畫和小叮噹（就是現在的哆啦A夢），我把小叮噹直接嗑完，然後借了那本四格漫畫回家，那本書叫作《雙響炮》。

《雙響炮》在我家裡待了不短的一段時間，我記得我始終無法把它看完，我想應該是內容與當時才念小學的我沒有共鳴的關係，我心心念念的依然是口袋有很多法寶的小叮噹，我請家人買給我看，每一次都被拒絕。

直到我的畫功已經超越同年紀的同學，在每一次畫畫比賽後展出在學校中廊的得獎作品上，我自己都能看出那個水準的落差，我自戀又自傲地下定決心：我要當個畫家。

那是我人生許下的唯一一個職業志向，跟那些總是選擇要當總統、醫師、律師、老師的同學相比，我就是覺得自己比他們高級，「畫家耶，總統算什麼？」

上了國中之後，很快地我發現，有幾個同學畫畫超強，那不是我當時的水準能跟上的，我很喜歡跟他們聊畫畫，或是看他們畫畫，有些細節我從沒想過，有些線條組成的畫風我也從沒看過，我問他們為什麼知道要這樣畫，他們一臉狐疑，像是在看外星人一樣地看著我，然後偷偷摸摸拿出一本書，「不要被老師發現！」他們說，邊說邊把書塞在我的懷裡，我定睛一看。

是《少年快報》。

從那天開始，我原本狹隘又封閉，不知人外有人的世界被打開了。

也從那天開始，我所有的零用錢全都花在漫畫上面。

對於當時愛畫畫的我來說，那根本是一部正在發光的漫畫聖經。

我對《少年快報》的愛癡迷到至今還能背出當時連載的所有作品，《七龍珠》、《城市獵人》、《亂馬1/2》、《七小福》、《勇者鬥惡龍》、《魁、男塾》、《魔界學園》、《聖鬥士星矢》、《功夫旋風兒》、《電影少女》。而我畫畫的筆觸也開始被《七龍珠》和《聖鬥士星矢》深深地影響，直到幾年後看見驚世巨作《灌籃高手》。

國二時，我跟那幾個被我看作「鬼」的同學組成了一個「漫畫工作室」，地點設在其中一個「鬼」他家，原因只是他爸媽看到幾個國中生不念書，整天在那邊畫畫卻比較不會罵人。

然後我們幾個一起用我們很中二（但當時覺得很帥）的工作室「楓漫畫工作室」名義，投了第一屆東立漫畫新人獎，我們獲得了佳作。我們得獎的訊息還被《少年快報》用大概二平方公分的篇幅印在最後那一頁，我們幾個高興得又叫又跳，覺得我們就快要成為「漫畫家」了！

但其實那是我們這輩子在「漫畫工作」中的最巔峰了。

因為現實總是冷酷的，我們在時代的洪水中被淹沒，一樣得回到那個念書考試的輪迴裡，現在想想其實有點寂寞，我們甚至沒有好好地跟那個漫畫家夢想說再見。

在那之後，我就沒有夢想了。

書出版之後，在多次的採訪當中被問到夢想，我總是開玩笑地回答「我的夢想就是一直玩，玩到死那天」，後來我才發現，原來我莫名其妙許了一個最高等級的夢想。

那，我真的沒有過拍電影的夢想嗎？

嗯，我可以很肯定地說，沒有。

那，我為什麼又會拍電影？

嗯，我只能說，一切都是命運的安排。

「能夠留下至少一部電視劇、一部電影給這個世界」這句話，指的是我希望有人（或是電影、電視製作公司）願意拿我的作品去拍，就像金庸那樣。金庸著作等身，他的作品拍成電視電影的總和早就已經上百部，但他從未當過一次導演，最多也只是寫過劇本（而且還不是他自己作品的劇本）。

而我到目前已經拍過ＭＶ、拍過短片、拍過電影、拍過影集了，可以說我在某種程度上已經超越金庸了嗎？我朋友曾經這樣告訴我，但我的回答是「這不是能拿來比的」。

我希望自己是網路小說界的金庸，即便這個希望其實很狂妄而且不自量力。

但在設定目標（或者說夢想）的同時，又有幾個人量過己力呢？

遙遠的夢想才有追的價值，近一點的夢想充其量只是目的地而已。
而我的下一個目的地在哪裡？我現在四十幾歲了，已經沒在想這件事了，能讓家人好好過日子，就是我最後的目的地。
只是啊，剛說了，不只拍電影是命運的安排，其實寫小說也是。
我的命運帶著我走到這裡，它又會帶我去哪裡呢？
我不知道，我就等著，等著它帶我走去。

〔橘子說〕

人生預告片

你的人生不會像電影一樣，花個三百塊就看完。

「如果有人生預告片的話，你想先知道，還是不想知道？」

我會想要先知道。

我一向是那種喜歡先被劇透的個性，可以先知道故事的結局，不知何故總是能夠帶給我一種莫名的安心感；而人生的結果註定就是死亡，所以如果真有人生預告片的話，我會想要先看看人生中最後的那十天：我是怎麼死的？死時什麼年紀？身邊還有著誰？

而這本散文書，某種程度上也像是人生紀錄片，片片斷斷地寫下我們各自人生中的畫面和遇見、成功與失落，以及所有的其他，其他那些人那些事那些小說之外的、我們各自的真實人生歷程。

那你呢？如果人生的這本書換成是你自己來寫，你會寫下哪些篇幅？篇幅裡會有哪些人？你們是快樂是悲傷？是幸好我們相遇了？還是但願此生不復相見？

寫看看唄。

請於此處用膠水黏貼

商周出版

讀者回函卡

線上版讀者回函卡

感謝您購買我們出版的書籍！請費心填寫此回函卡，我們將不定期寄上城邦集團最新的出版訊息。

姓名：＿＿＿＿＿＿＿＿＿＿ 性別：□男 □女

生日：西元＿＿＿＿年＿＿＿＿月＿＿＿＿日

地址：＿＿＿＿＿＿＿＿＿＿

聯絡電話：＿＿＿＿＿＿ 傳真：＿＿＿＿＿＿

E-mail：

學歷：□ 1. 小學 □ 2. 國中 □ 3. 高中 □ 4. 大學 □ 5. 研究所以上

職業：□ 1. 學生 □ 2. 軍公教 □ 3. 服務 □ 4. 金融 □ 5. 製造 □ 6. 資訊

□ 7. 傳播 □ 8. 自由業 □ 9. 農漁牧 □ 10. 家管 □ 11. 退休

□ 12. 其他＿＿＿＿＿＿

您從何種方式得知本書消息？

□ 1. 書店 □ 2. 網路 □ 3. 報紙 □ 4. 雜誌 □ 5. 廣播 □ 6. 電視

□ 7. 親友推薦 □ 8. 其他＿＿＿＿＿＿

您通常以何種方式購書？

□ 1. 書店 □ 2. 網路 □ 3. 傳真訂購 □ 4. 郵局劃撥 □ 5. 其他＿＿＿

您喜歡閱讀那些類別的書籍？

□ 1. 財經商業 □ 2. 自然科學 □ 3. 歷史 □ 4. 法律 □ 5. 文學

□ 6. 休閒旅遊 □ 7. 小說 □ 8. 人物傳記 □ 9. 生活、勵志 □ 10. 其他

對我們的建議：＿＿＿＿＿＿＿＿＿＿

請於此處用膠水黏貼

國家圖書館出版品預行編目資料

今天不寫小說：橘子的牢與藤井樹的騷 / 橘子（曹筱如）、藤井樹（吳子雲）著. -- 初版. -- 臺北市：商周出版；英屬蓋曼群島商家庭傳媒股份有限公司城邦分公司發行；112.04
面： 公分.
ISBN 978-626-318-643-9（平裝）
863.55　　112003889

今天不寫小說：橘子的牢與藤井樹的騷

作　　者 / 橘子（曹筱如）、藤井樹（吳子雲）
企畫選書 / 楊如玉
責任編輯 / 楊如玉

版　　權 / 吳亭儀
行銷業務 / 周丹蘋、賴正祐
總 編 輯 / 楊如玉
總 經 理 / 彭之琬
事業群總經理 / 黃淑貞
發 行 人 / 何飛鵬
法律顧問 / 元禾法律事務所　王子文律師
出　　版 / 商周出版
城邦文化事業股份有限公司
臺北市中山區民生東路二段141號9樓
電話：(02) 2500-7008 傳眞：(02) 2500-7759
E-mail：bwp.service@cite.com.tw
發　　行 / 英屬蓋曼群島商家庭傳媒股份有限公司城邦分公司
臺北市中山區民生東路二段141號11樓
書虫客服服務專線：(02) 2500-7718．(02) 2500-7719
24小時傳眞服務：(02) 2500-1990．(02) 2500-1991
服務時間：週一至週五09:30-12:00．13:30-17:00
郵撥帳號：19863813　戶名：書虫股份有限公司
E-mail：service@readingclub.com.tw
歡迎光臨城邦讀書花園　網址：www.cite.com.tw
香港發行所 / 城邦（香港）出版集團有限公司
香港灣仔駱克道193號東超商業中心1樓
電話：(852) 2508-6231　傳眞：(852) 2578-9337
E-mail：hkcite@biznetvigator.com
馬新發行所 / 城邦（馬新）出版集團 Cité (M) Sdn. Bhd.
41, Jalan Radin Anum, Bandar Baru Sri Petaling,
57000 Kuala Lumpur, Malaysia
電話：(603) 9057-8822　傳眞：(603) 9057-6622
E-mail：cite@cite.com.my

封面設計 / 周家瑤
版型設計 / 鍾瑩芳
內文排版 / 新鑫電腦排版工作室
印　　刷 / 高典印刷有限公司
經 銷 商 / 聯合發行股份有限公司
電話：(02) 2917-8022　傳眞：(02) 2911-0053
地址：新北市231新店區寶橋路235巷6弄6號2樓

■2023年（民112）4月初版
定價 360 元

Printed in Taiwan
城邦讀書花園
www.cite.com.tw

ISBN　978-626-318-643-9

今天
不寫小說

橘子的**牢**

原諒你自己

〔推薦序〕

謝謝橘子姊

橘子跟我說過：「如果你再叫我姊姊，我就殺了你。」

姊姊對不起，我以後不敢了。

某天橘子（就是曹筱如）突然Line我一張圖，那是一張十幾年前的蘋果日報剪報，上面有三個人，分別是橘子、九把刀跟在下我，我們在上面推薦了一本書，叫《林肯律師》。

她說她對我的印象就停在那張剪報時。

剪報上我的頭髮很長，額頭的頭髮往下拉可以拉到下巴，而且當年流行離子燙，所以我很三八地跑去離子燙，整顆頭又塌又直又沒精神，當年又有點過瘦，沒記錯應該是六十公斤不到的時期，再加個黑眼圈，人看起來就像極了吸毒過量的北七這樣。

我心裡嘀咕了幾句：「妳對我的印象停在這張照片？意思是我一直都是屁孩

樣嗎？還是在誇我都沒老？」

但後來對話發現，原來她在問我老了之後有沒有變胖。

金靠北。

一直以來，各方人物來找我，無非就是請我去演講、出席活動、邀我寫詞曲、寫劇本或是去當導演，橘子是第一個來找我一起出書的。

這女的腦子是不是不太清楚？

蘋果日報剪報上的三個人，在當年那個時期的小說銷量大概吃掉全臺灣的一半，寫書這件事對那三個人來說就是回家靜靜地坐著，花上兩、三個月的時間，孤獨地打個幾萬字，交出來的東西絕對都是獨當一面的作品。

既然都能獨當一面，為什麼在我們都步入中年、老態漸露的時候，橘子會突然來這招呢？

啊災，大概就天知道。

不過當她跟我說：「我們一起出本書，你有興趣嗎？」

我是想都沒想就答應了。

我為什麼會答應她這一招？啊災，也只有天知道。

其實在這之前我是不認識橘子的，我對她的印象就是書賣得超好，去便利商店會看到她的書一整排在那邊供人瞻仰，她的書名都很文青，每次看到她的書名，我都有點不好意思，因為我這個人取書名就是憑感覺，而人家是有在追求意境的，感覺她就是個很謹慎的人，我就是他媽的超隨便。

一樣是寫小說為生的，人家天后，我是夕鶴（死好）。

某天突然有個陌生人發訊息到我的臉書粉絲團，問我要不要加入橘子的官方Line社群，我也是想都沒想就加了，而且我是加了之後才想到，「咦？我又不認識橘子，我加進來幹嘛？」

而且同樣都是有官方Line社群的小說家，我的官方Line社群成員就是一群很優雅的讀者，氣質出眾，他們話不多，幾百人的社群裡，固定說話的也沒幾個人，我沒開啟話題，整個社群就是安安靜靜。但橘子的社群就不一樣，一個沒注意，就有幾百則訊息未讀，每天都在上面講一堆幹話（當然好笑的也是很多），奇怪他們是都不用上班是不是？

這會不會就是「有什麼樣的作者就有什麼樣的讀者」呢？

不好說不好說。

那橘子呢？

我加入之後跟橘子才算是正式相識，她感覺就是個心裡小劇場很多的阿姨（我是指年輕小朋友們應該要叫她阿姨），從她跟我私下Line對話聊沒幾句就關心起我的攝護腺這件事來看，我想她應該也是個非常注重養生的阿姨。

喔對了，在我下筆寫這篇推薦序的同時，她在她的社群裡發起了「大家一起來降體脂運動」，這麼沒人性（但健康）的活動，我是直接選擇無視跳過就對了。不知道她降完體脂之後還要降什麼東西，不過她某天跟我說，她胖到胸部跟肚子都變大，她開始考慮要跟別人說她懷孕，我想她可能降完體脂發現肚子一樣大的時候，就會去降她的體重了。

橘子姊，曹姊姊，繞了一圈去降體脂其實是多餘的，妳直接降體重就好了，小弟誠心建議。

好了，這就是我給這本書的推薦序了。

完全沒有推薦到我們合作的這本書，真是太棒了。

吳子雲

〔橘子／自序〕

身為一個言出必行者

「好奇，為什麼妳會想要找吳子雲合作？」

「吭？妳怎麼會認識他？」

首先大家都會先好奇這個，沒事，冷靜，來，聽我說。

後來細細核對之後才確定，我們基本上算是同一個時期的作家，不過因為吳子雲或許上輩子拯救過全世界，於是他一出道就順風順水人紅書賣，而我則三餐不繼好幾年。這不是在奉承，而是真的就這樣。那時候編輯們一提到他，都是以一種那是大人物的口吻和眼神談起。仰望。

那時候他還叫作藤井樹。

那後來我們大概也經常在排行榜看到對方，由於那幾年主要都是寫愛情小說，所以讀者群難免有所重複，大概也經常被拿來比較吧？不過實際上就是始終

互相不認識，也好像並不覺得有必要認識對方。他那邊怎麼樣我不曉得，但我自己是因為以前性格自閉、故步自封。

然而後來我好了。

後來那天我一直因為開稿不順覺得煩躁，就這麼到了晚上創個群聊，就是那麼亂聊一通的時候，很多人談到藤井樹，那是當然，畢竟同年代嘛又讀者群重複，意料之中。反而我比較意外的是，隔天有人說吳子雲進群聊，好像是誰跑去問他，然後他居然真的進群。天曉得那是早上七點鐘，平時我通常愉快賴床到八點才慢吞吞起床，而那天那通常的早晨好時光，我居然立刻就走下床煮咖啡讓自己清醒，瞧瞧這事令我精神緊繃成那樣！那個早上我整個人很挫，真的，以為這個大作家會很凶很派難相處，結果沒想到吳子雲相當令人驚訝，為人很親和很幽默，於是我們就這麼變成了朋友（吧？）。

接著是那天，在國道六開車散心時，我的思緒亂飛，我想到那開稿不順的新小說，還有寫了一半斷稿的散文書，接著我有了個大膽的想法，於是懷抱著應該

會被他臭踐拒絕但是那又怎樣試試無妨的心情，我請問他：

「要不要來合寫散文書？」

結果居然。

然後現在。

人生很好玩的，所以請繼續活，好好活著，好嗎？

通常我不會在書的序裡這麼做，不過這次我就是想要藉此表達我的感謝：謝謝有傑老師，在那個奇異的好像所有人都同時約好不要理我的開稿不順的那天，回應我的請求，接住我的低落，也謝謝你體諒我在寫稿期的情緒化缺席。（應該有體諒吧？）

謝謝有傑，再一次。我的好老師。

還有我的前指導教授，雖然沒有寫成論文，不過卻託您的福，滿血回歸文壇，本來我都意志消沉到放棄作家這身分了，所以你可以理解我真的是如何感謝在八樓研究室裡，你那句有夠直接的：

「妳有很紅嗎？」

居然就這樣問出了什麼。

改變了什麼。

最後，抱歉我的沒大沒小沒禮貌，應該每次都讓您老人家血壓飆高不少吧？不過你也沒少凶過我，所以扯平。

然後，少喝點，真的。

以及，不得不提的是：這本書屬於我這部分的版稅將不扣除成本全數捐給台灣之心愛護動物協會代碼978，指定用途是結紮。

目次

逆境

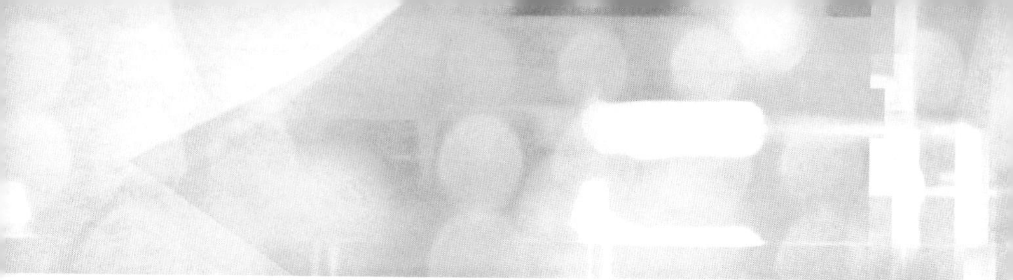

起飛

困境

復康

逆境

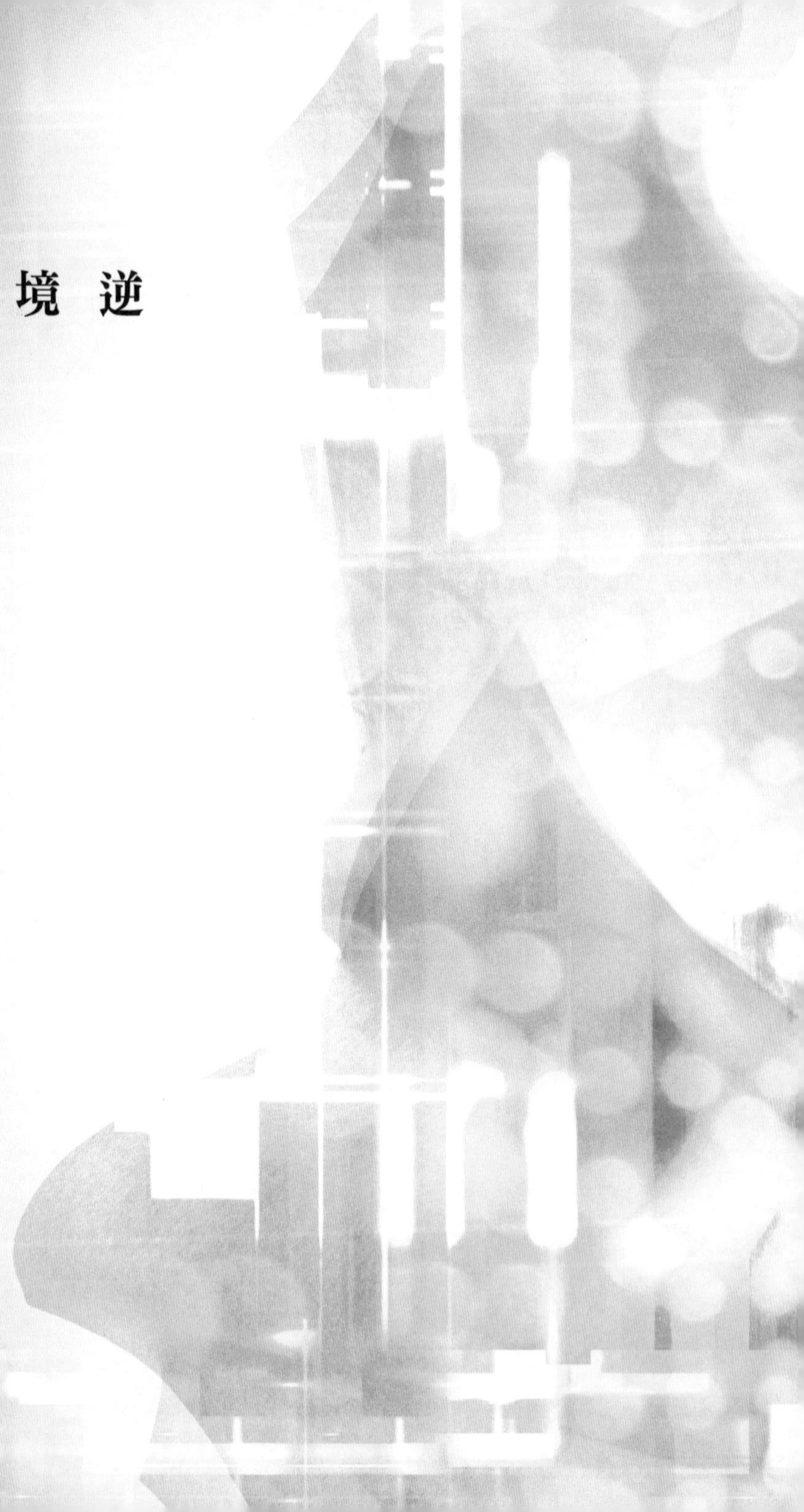

十八歲那年，自傳和小說

十八歲那年，我的自傳是賭氣的短短三行字；

四十三歲這年，我的人生經歷終究擴充成了一本書。

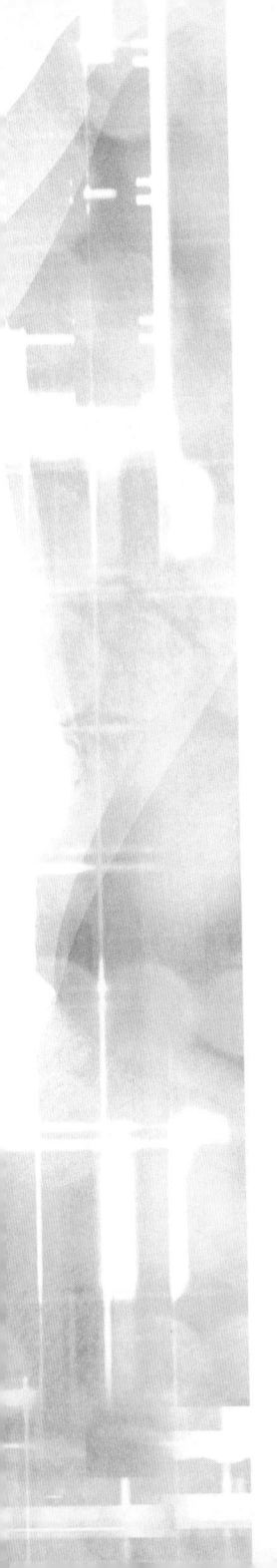

我的叛逆期來得晚，十八歲那年才開始，不過倒也沒真做過什麼值得被寫進小說當作題材的事情，頂多就是無照騎車、夜唱夜遊、和同學們去ＭＴＶ看限制級電影而已。那些限制級電影也沒真演到什麼床戲，卻足以讓當時的我們感到臉紅心跳。

然而這麼不怎麼樣的叛逆期和十八歲的夏天倒是發生了兩件往後影響我整個人生的事件。首先是自傳。

那是在補習班裡，班導師開始往下發空白紙張，要大家寫自傳。哎，這哪招？好煩，大人好無聊。

開始和無聊的大人討價還價：

「最少要寫幾行？」

「最少給我寫三行！」

我相信班導師還想要繼續規定字數或者標點符號之類的細項，不過效率者我已經低頭開始沙沙寫起，我當時寫的內容大概是這樣：

十八歲會考上高餐
二十歲會畢業
二十五歲當經理

純粹是種挑釁，對於大人世界裡把規矩定得死死的無聲抗議，或許多少也包含了權力不對等那方面的怒氣，不過當時的我絕對沒有足夠的情商理解這一切（雖然現在有沒有足夠的情商也是個大問哉）。

我記得班導師收過那張短短三行字的自傳時，眼帶笑意地多看了我一眼，雖然就只一眼，但那眼底的笑真是令當時的我害怕極了：她是不是想要叫我重寫？

結果她沒有叫我重寫，結果她們幾個幼稚的班導師決定票選前三名來當場朗讀，然後，欸，我那張短短三行字的自傳就是第一名，全班聽得哄堂大笑。謝謝，我的榮幸。

我忘記第一名有沒有獎品？我合理懷疑並沒有。

後來我的確在十八歲如願考上高餐，二十歲順利畢業，延續及格就好的班上

最後一名這風格。我得好好想想為何自己如此迷戀身為班上最後一名的這件事情，這事在二十幾年後我重回校園念研究所時還會重演一次。

至於二十五歲時的我，你們都知道了。

接著是小說，在同一年。

我印象中是同一個暑假，可是把時間軸拉開來回看，卻又好像對不上，總之可以確定那是在收到學校錄取通知之後的空檔，當時我閒閒沒事又找不到打工（好啦其實有找到幾個，但是因為過度笨手笨腳而被辭退），就是在那麼無聊至極的等待空檔裡，我腦子裡慢慢浮現過去那一年經常看過的幾張臉：那個帥帥的白白的英文老師啦、那個高冷搶眼的漂亮女同學啦、那個決定要再補習半年的……就這樣，臉孔慢慢組合成為情節，情節逐漸擴充成為小說，我寫起生平第一部小說，就地取材師生戀，場景設在補習班，完稿後找了地址，列印出來，投稿給專門出版羅曼史的出版社，那是一九九七年的事，禾馬出版。

而小說在一九九八年九月出版。

接著開學南漂，接著我把這件事情完全忘記，專心且愉快地享受青春校園生活，再次想起時應該已是隔年，我收到出版社寄來的合約：買斷版權，稿費四萬五。哇，好多！

我把大部分的錢拿去付掉下一期的學費，剩下的就請客吃飯。直到很久很久以後，我才慢慢理解為何自己總是很喜歡請客吃飯，並且為此感到快樂。或許正是我的潛意識把請客吃飯和人生中第一次被肯定，並且還因此得到好處的快樂給連結上了。

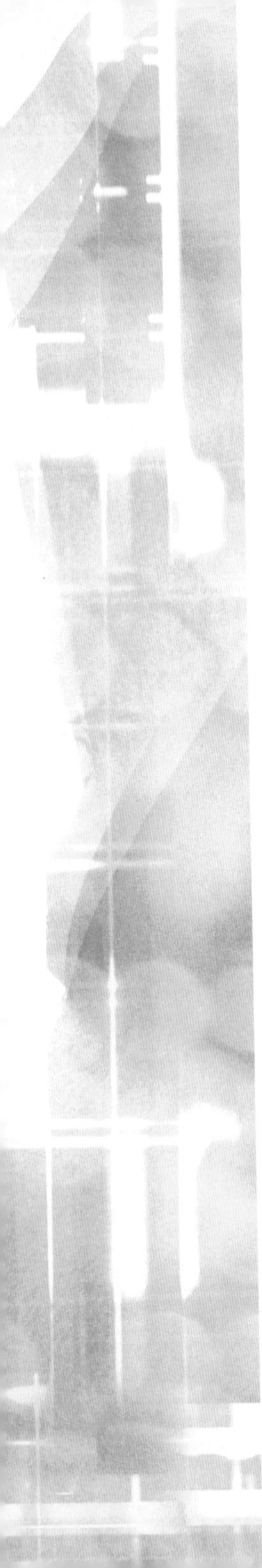

很少提起的那半年

其實她們可以不用把我的名字放上去，
但她們還是這麼做了，
往後對於我的小說生涯也起了某種程度的影響，好的影響。

我的人生中，有半年的時間裡身分是編劇，那是我人生中最窮的半年。請不要誤會這是我在刻薄或者立場偏頗，並沒有。那是二〇〇四年的事情，嚴格說起來，我還只能算是個寫手。

雖然我始終聲稱的第一本小說在二〇〇一年出版時銷量不錯，有上排行榜，而且隔年還能再版，第二本也還行，但之後因為當時的出版環境使然，也多少是因為撕掉當時出版社寄來的終身合約，於是徹底惹毛當時的大人。就這樣，那幾年我的小說滯銷且乏人問津，不只是沒有人要買而已，而是根本沒有人要出版。於是姊姊約我一起回學校念書，她念她的英文系，我讀我的日文系。但我的日文系讀得真不怎麼快樂，也不想要假裝我在那裡很快樂。

開學的第一個學期我就感覺不妙想走，第二學期被同學們強烈挽留：妳頭都洗一半了，幹嘛不念完？第三學期我終於把耳朵關起來，連休學也沒辦，就這麼直接連夜搬走，記得當時在學校任職的損友還非常快樂地打電話來告訴我：喂喂，妳被學校退學啦，哈哈哈哈哈。那位哈哈哈損友後來變成校長祕書，初戀情人的妻子，兩位男孩的媽媽。她長得非常漂亮。

總結那一年半的時間，我主要就是認識很多人、進行大量的談話、夜裡寫小說、白天醒不來，那一年半裡，我寫下的小說是《不哭》、《寂寞無上限》、《我們的遺憾來自於相愛時間的錯過》，幾乎都是中短篇集結的作品，這就是白天在圖書館打工，晚上不怎麼去上課，但偶爾還是會去看一下老師的零碎時間所能寫下的小說質量。

我有提過某次期中考時突然靈感來襲，於是在考卷背面寫小說嗎？我後來沒敢跟老師要回那張考卷，很害怕被知道我在寫作，而且還是個混得不怎樣的作家。

是在那樣幾乎可以說是逃跑回家的狀態下，我接到可米瑞智打來的編劇面試電話，聯絡我的人是春子，當時也是具有知名度的網路作家前輩，長得很漂亮又非常溫柔的一個人，她的職稱是經理。就這樣，我們三個年輕作家被找去組成一個編劇團隊，主要目的是把九把刀的《月老》和《紅線》這兩本書編成一部劇。我忘記是要編成怎樣的一部劇。

從結果論來看，任何人應該都會慶幸還好當時我們沒有成功交出劇本吧？如

今的我依舊是如此認為的，但是當時完全沒有任何資源的我們可真是悲慘透頂。容我稍微介紹一下我們三人的生活背景：我當時還住在臺中，所以需要負擔往來車資；另外一位男作家在臺北租房子，我沒有問他房租多少；還有一位是臺北人，純粹考量生活成本的話，她當時真是輕鬆極了。

總計約莫三個月的時間裡，因為始終沒有過稿，於是我們付出的時間成本變成泡沫，在完全沒有收入的情況下，該繳的房租還是得繳，該付的車資還是得付，我記得當時總是搭統聯北上開會，純粹是為了省錢起見，後來甚至還要為了省下五十塊錢車資，特地從臺中火車站騎半小時車程到朝馬總站搭車。或許是因為這樣，往後好多年，我的惡夢場景總是標配中港路的朝馬段還有那座高架橋。

我總是在那樣的夢裡迷路。

我那時候壓力大到每天都希望乾脆出車禍死掉算了。

你知道每次都被凶被吼被質疑被否定是什麼感覺嗎？

很久很久以後我認識這麼一個人，他是我高餐的學弟，年紀輕輕的就開始帶團飛歐洲線，第一次出團就去埃及，整團或許就他最年輕、就他自己是第一次去

埃及，然而身為領隊，他還要照顧那一整團的人，一整團年紀都比他大、旅行經驗比他豐富的人。他說他當時候壓力大到很希望飛機掉下去算了。

「你自己去死就好了，幹嘛要連累整架飛機的人啊？」

「我當時哪管得了那麼多。」

總是遇到有點奇怪的人展開有點奇怪的對話，對不起。

結果我們當然還是都好好地活著，他繼續飛他的歐洲，我繼續寫我的小說。

然而當時的我逐漸開始出現憂鬱傾向。

是在這樣的身心狀況下，某天我接到可米瑞智的電話，編劇統籌要我和她一起把日本漫畫改編成偶像劇，也就是後來的「惡魔在身邊」。我從來沒有問過她為什麼要選我，如此不擅交際臨場反應很慢還老是挨罵的傢伙。我自己當然知道為什麼，如此笨拙又完全不社會化的我，總是準時交稿。而總是準時交稿這件事，無論是在當時或者之後，都給每位交手過的工作夥伴留下了印象，也因此我總是能夠比較容易得到機會。

「雖然是個不怎麼樣的傢伙，但那個小女生卻是從不拖稿啊。」這樣。

當時的我，在那些大人眼中的樣子。

或許。

如今回看那一段，我只是想說：

「惡魔在身邊」的劇本改寫我並沒有跟到最後，然而可米瑞智和毛姊毛訓容卻還是願意在編劇欄寫上我的名字，我萬分感謝。其實她們可以不用把我的名字放上去的，但她們還是願意這麼做了，這在往後對於我的小說生涯也起了某種程度的影響，好的影響。

她們是我的貴人嗎？當然是。

不過感性歸感性，理性歸理性。

那段總計半年的時間，我的劇本收入不到十萬塊臺幣，那是二〇〇四年，那年我即將年滿二十五歲。

那是我往後漫漫憂鬱的開始。

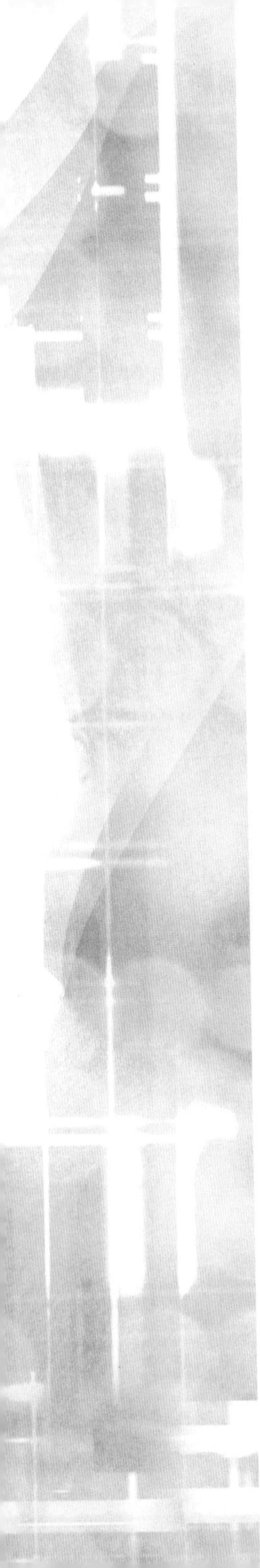

一份遲來的感謝

一份遲來的感謝，說得寫得還是彆彆扭扭，
可是除了謝謝之外，我究竟還能還想再多說些什麼呢？

緣分很巧的，十幾年前她在ＢＢＳ上看到我的小說，素昧平生且毫無交集，就這麼把我的小說推薦給當時的皇冠總編輯，因此促成我在皇冠出版的第一本書。

雪中送炭。

這事是當時的總編輯告訴我的。

那時候很想要寫封感謝信，真的非常感謝她，可是又卻步，很擔心被認為是沾光、攀附，或者其他什麼的。這類的。

然後時間繼續往前走。

我確定了使用橘子這筆名，我確定了在春天出版擁有自己的作品集（我那時候不知道這是什麼意思），每隔一陣子總想著要把這份感謝道出，但最後總還是卻步。

「嗯妳好，我是當初那個被妳推薦的女生啦。」

這開場白怎麼想都好怪。

我的確曾經是個如此彆扭的女生。

時間繼續走。

很多年以後，總編輯換了人，以前那些怯懦、打擊、「我們老闆說妳書賣不好所以不要出下一本了」漸漸從我的心底脫落，變成只是：喔，的確曾經有過那回事。

我把這事寫成書自嘲。

我漸漸可以比較自在地說：我是橘子，作家橘子，嗨。

很多年以後。

很多年以後，我在皇冠又出版了兩本書。

然後麥田，然後春天，繼續橘子作品集，編號第──。

很多年以後，我在等待的時候翻起桌上的雜誌，看見一個人物專訪，而那名字，感覺很熟。

回家後，翻了翻十幾年前的那本書，啊，真的是她。王蘭芬。

好久不見，其實我們從沒見過，可是謝謝，謝謝妳好，也謝謝妳還在持續文

字創作。

一份遲來的感謝，說得寫得還是彆彆扭扭，可是除了謝謝之外，我究竟還能還想再多說些什麼呢？

就是謝謝。

橘子第一次上榜，是在二〇〇五年博客來網路書店的排行榜，然而上榜的書，是她在二〇〇三年的作品《對不起，我愛你》，名次是第八十九名，榜單的分類是「本年度銷售亮眼，且相較於實體書店更受讀者青睞的一百本舊作，從中我們發現歷久彌堅的經典作品」，在新書一本接一本推出的時代，除非是工具類的長銷書，或者有什麼爆炸性的新聞或議題，否則甚少有人會特地購入舊書，這可以視為橘子已經累積了一批讀者，而這些讀者們喜歡她的創作，

因此開始搜尋她的舊作。

資料來源：橘子長篇小說研究

作者：楊逸芳／淡江大學中國文學學系碩士在職專班（109）

指導教授：封德屏老師 黃麗卿老師

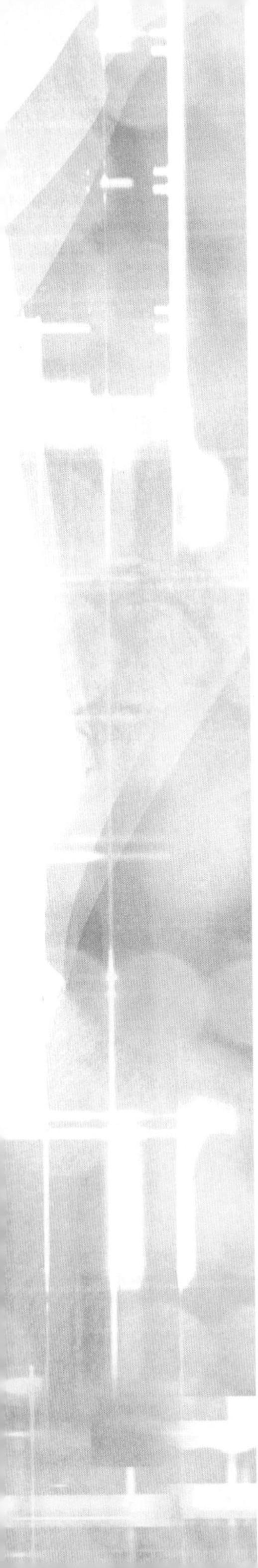

關於嘔吐

我從不跟誰表面功夫，
也並不想要刻意活給誰看。

我非常害怕刻意為之的表面功夫，包含人事物行為舉動和場所，有時還會因此產生生理上的焦慮。《妳在誰身邊，都是我心底的缺》中，奇奇第一天上班時，同事們就刻意對她展現友好，認為既然現在大家都是同事，就應該立刻變成好朋友。這種行為讓奇奇感到害怕，進而產生生理上的嘔吐反應。實際上，那是我的個人經歷，場景是臺北某補習班，我應徵的是文案，上班的第一天就對於這種強制性友好感覺到害怕，差別是奇奇當場嘔吐，讓那場午餐歡迎會就這麼尷尬地結束，而我自己則是強忍到廁所才吐出來。

不能自然地變成朋友嗎？不能有被喜歡或者被討厭、喜歡誰或者討厭誰的選擇嗎？不能有選擇嗎？大概是這方面的疑慮。

於是儘管當時非常貧窮，眼看下個月的房租就要付不出來了，我還是毅然決然地離職。若干年後，我接到某位朋友的來電，她滿懷心事地說自己也剛面試上那家補習班，職位是美編，上班的第一天她也覺得壓力好大，但又說不上來為什麼。

「她們很友善，真的，但就……」

「很刻意？」

「對！」

「然後妳還要覺得是自己的錯？覺得是自己不合群？異類？」

「欸。」

欸。

「我想我繼續找工作好了。」

順道一提，生平第一次也是唯一一次去迪士尼樂園時，我的反應也是極度害怕，我是說，當看著工作人員很單純地只是在走路，但臉上依舊掛著大大的微笑時，我真心感覺自己當下是走進了史蒂芬金的小說場景裡，反而電影「小丑」給我的觀看心情還比較平靜。沒錯是啊雖然很負面很邪惡但要是換成你身處那樣惡劣的環境裡是個弱勢一直被欺負呢？這樣。

如果以上的言論有冒犯到誰，我很願意道歉。

不知道從什麼時候開始，我慢慢意識到自己有個很容易冒犯別人的個性，也曾經因此自我懷疑是否有亞斯伯格症。我確實上網做了檢測，得到的分數頗高，

還因此閱讀許多相關書籍，陳豐偉醫師的著作《我與世界格格不入：成人亞斯的覺醒》這本書我更是一再重讀。

我想知道我怎麼了。

這是陳醫師在書中的一句話，不知道為什麼，這句話看得我掉眼淚。

「嘿，每個人心底都有病，只是比較會裝和比較不會裝而已。」

這是我同學安慰過我的一句話。

很感謝她。

然而，反過來說呢？（對不起偷用我教授的口頭禪，每次他邊想邊講時就會說這句話當轉折。）反過來說很多的亞斯特質我並沒有，例如我很喜歡聊天、經常主動攀談、並不在乎身體碰觸，（我有提過拍X光片時被吃豆腐嗎？）也總是直視別人的眼睛說話，經常還直接凝望進對方的眼底。

而自我介紹也是。

《我想要的只是一個擁抱而已》裡的小雨極度害怕自我介紹，這部分也是我

自身的體驗，每當碰上必須自我介紹的場合，我總是會難過想哭拚命想逃並且腸胃開始跳舞。不得不自我介紹時，也經常略過是個作家的這件事情（相信我，大家都會突然清醒追問，甚至我還遇過當場直接google的人）；然而這件事在後來卻有了改變，某次我身處困境、遭遇困惑，卻又無人能談，只好找上身為理工博士的前輩大吐苦水，不料他反問我：

「為什麼敢在教室裸奔的人，面試時卻超級緊張？」

好，我知道你們一定看不懂，沒事，我來解釋。在教室裸奔是個隱喻的玩笑，目的是緩和氣氛以及情緒。理工博士的幽默很寂寞，但沒事，我接得住，而且奇異的是，那寂寞的幽默居然很療癒，在那之後我的確漸漸比較不害怕自我介紹了。

「欸，作家，不紅，謝謝大家。」

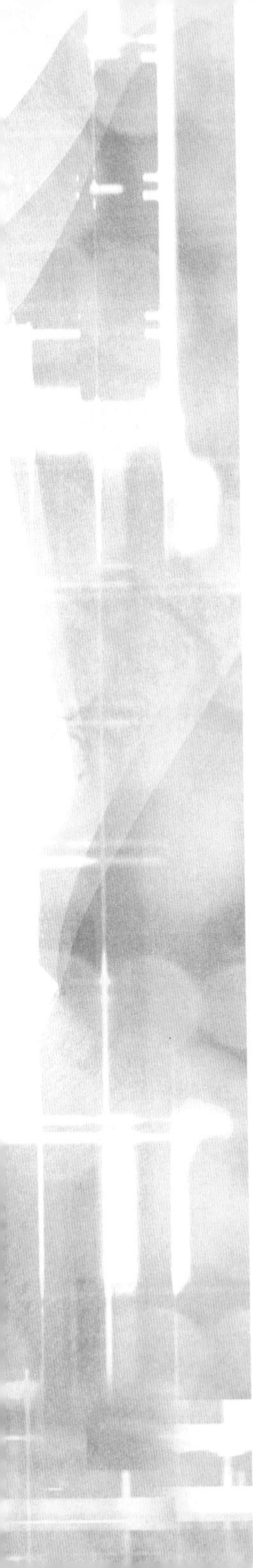

一個靈魂的拷問

在夢想與現實之間，
本來我也以為自己會選擇後者。

當你因為堅持不被干擾的夢想而貧窮了四、五年，最後窮到連下個月的房租都得去周轉時，終於找到穩定的工作，同事們也大致相處融洽，如果要抱怨什麼，大概就只剩下早起很討厭的這件事情而已。

在這種終於苦盡甘來但求安穩就好的情況下，你會再一次因為機會來敲門而重新回到那種永遠無法知道下一筆收入在哪裡的生活嗎？

本來我也以為我不會。

窮到連下個月房租都要先跟出版社預支版稅的生活真的好可怕，我那時候窮到用一罐草莓果醬搭一條白吐司就這麼撐過一個星期，至於晚餐則是去自助餐補充營養，每次都被老闆算得很便宜。當時嚴重失眠、頭髮枯黃，連體重也瘦到只剩下三十六公斤的我，在自助餐老闆的眼中看起來大概悲慘得很具體吧？

謝謝大好人老闆，用那麼溫柔婉轉的方式讓當時的我能夠起碼吃飽晚上那一餐。

我當時找到的是文案工作，往後出於自尊心作祟，我總是會刻意含糊過去，只提幾個關鍵字：在給公司產品寫文案。公司在行天宮對面的松江路上，月薪三

萬五，遲到一分鐘扣十塊錢，我每個月都會被扣好扣滿，不過沒關係，反正我的績效獎金領得也很滋潤。

老闆其實只大我一歲，但長相老了我應該有十歲，不是我娃娃臉就是他很老成，隨便你想要相信哪一個。他是個性很凶很急的一個高個子，不過私底下我們都喊他小旋風，午餐時間和同事們一起講他壞話是每天最快樂的時光。好煩為什麼午餐只有一個小時根本講不夠，所以經常下班後也續攤約晚餐。你們能感覺到，回憶這段時光並且將它寫下的當下，我的嘴角是掛著微笑的嗎？

如果人生可以選一段時光重新經歷一次，我會毫不猶豫地選擇那十八個月。

很久很久以後我才知道，其實越是放在心底深處的人，我越是不會把對方放進我的小說裡，變得好像僅僅只是個素材，畢竟，如果我把什麼都小說化，那麼我還能剩下多少的自己呢？小說裡，我總是用第一人稱寫別人的故事，也因此我總是被誤會，還曾經決裂過一段友情，那是在基隆的夜，我無所謂。

不後悔的也包括當時寫下的文案。

公司的主力產品是減肥藥，經常會排檔期在購物頻道上販售，老闆時不時會

在節目上以誇張口氣和主持人一搭一唱，有時候還會演起折扣下太大所以廠商生氣走人好衝一波銷售的戲碼。此外，我們也會構思、撰寫文案，刊登在四大報買下的全版廣告版位，好吸引消費者打電話進來詢問產品。我始終沒看過公司的產品，就只是負責寫而已。那是當時的我唯一能找到的生存方式，唯一能用文字把自己養活的方式。

當時我的文案還一度驚動某大報的高層致電關心：這個能刊登嗎？

那個全版廣告的標題是：瘦到屁眼都知道。

嗯，我的確寫過那樣的文字，而當時我的老闆也的確不讓刊登，連他那麼浮誇的傢伙都說太粗俗，要我上另一篇文稿。那麼後來是怎麼又出現？

欸，對不起，後來我抗命。

直覺信奉者我當時選擇相信自己的直覺：這篇每個人看了都有反應的廣告稿絕對中，尤其連那個浮誇鬼都有反應，那絕對是大中。於是我要求搭檔的美編欺上瞞下不換稿，「我會跟侯總說，有事情我扛。」於是她選擇相信我，可能純粹因為我們感情好，可能純粹因為她也覺得很好笑。我們都想看這一場好戲。

後來那篇粗俗的廣告文案締造了公司的爆量來電數紀錄第二名佳績；後來我

離職之後，他們還在重複刊登那篇廣告文案，感覺像是在刊登尋人啟示。老闆其實並不願意我離職，即便我都離職半年了，還依舊接到公司的挽回電話。如此肯定我的工作能力，真的非常感謝。

但是後來一切都變了。

因為《妳在誰身邊，都是我心底的缺》。

我為了要專注寫這本書離職，也從此回不去了。

徹底的。

還原那句粗俗到驚動各高層的靈感案發現場：

那是上班時間，地點是我們小小的廣告部辦公室，人物是小旋風和那位總是跟他頂嘴的前輩。

他：寫這什麼爛東西！給我寫一篇會爆款的文案！

她：誰不知道要寫中的文案，就想不出來啊，是要我用屁眼想喔？

我：這個好。瘦到屁眼都知道。

寫作很難嗎？
我覺得不會。
跩吧？

飛起

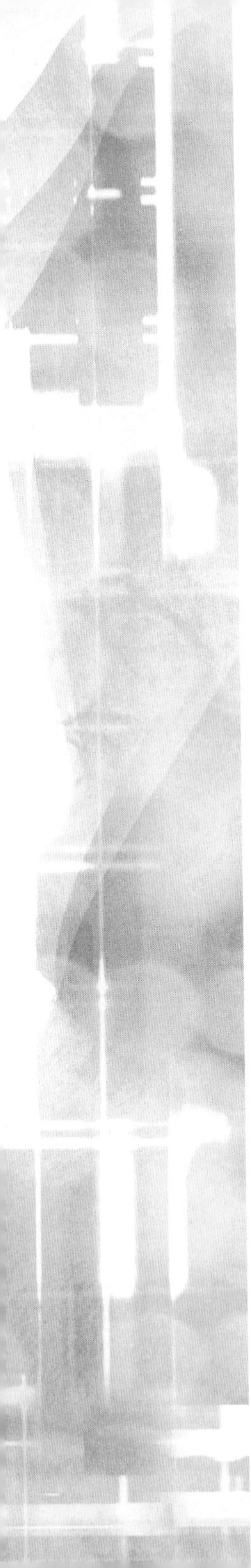

就迷信一次

或許，

偶爾脱稿演出的人生其實也滿有趣的吧？

還記得我總是準時交稿的個人喜好嗎？

其實我不只是準時交稿而已，而是根本偏好提早交稿。我印象深刻，某一次的訪問，對方寄了訪綱和希望回覆的時間給我，請求在那時間點之前確定給不給訪。當時我看了看訪綱，接著在房間裡來回踱步，最後打開電腦開始敲敲打打，當天晚上就把完整的採訪內容一併回覆。

「沒問題，然後這是回訪內容。」

好啦，得承認，我記不起來是訪綱還是雜誌邀稿。總之是透過編輯傳遞過來的邀約。

不過我很確定自己當天晚上就直接交稿。

而這奇異的嗜好延續到二十年後我讀研究所時依舊，清楚記得那是第一次拜訪教授請求他擔任我的論文指導，在會面的最後，他簽下指導同意單而我立刻現實地謝謝老師準備閃人時，他喊住我並且丟了幾個關鍵字，要我下次簡報給他。

欸？是這麼緊湊的嗎？也才開學兩個月耶？我很多同學都還沒找……

「好的，沒問題老師！」

雖然懷抱著這樣的納悶，但是當晚我就下載了論文們閱讀，並且從中擷取五份摘要，忍住一天裝沒事但最後害怕忘記（請相信我很會忘記事情）之後，再隔天問教授預約下個月的會面時間，因為我始終記得他說一個月咪一次。

「好，妳要不要明天來一趟？」

欸？

欸？

欸？

欸？

欸？

是這麼快狠準的嗎？

「喔，好。」

我有提過我的前老闆曾經就站在我座位旁邊要求我立刻寫篇文案給他嗎？

我立刻就寫了。

我總不時會遇到這種人，並且從他們的身上長出屬於我自己的力量。

當然這不會是什麼勵志的心靈雞湯文，不過就是這樣準時交稿交作業的我，在當時被選中當寫手，把熱播中的韓劇在極短的時間內寫成韓劇小說出版。所以現在還會有人納悶為什麼總是我嗎？雖然我自己也很想謊稱「那當然是因為美貌啊」，不過，呃，好吧，真的是實力，以及總是很準時的這個個人偏好。

曾經有朋友問我：為什麼妳的老師剛好都很喜歡妳啊？反而我才想問她：如果這個學生剛好就是有那方面的才能，然後每次都準時交作業不說，她簡直是吃飽太撐直接交三個版本，課堂間該噴垃圾話的時候也總是不放過，雖然有時候會被她氣到，但總歸來說，其實都還滿好笑的。那麼如果換成妳是老師，遇上這樣的學生，妳會不會剛好都很喜歡她來上課啊？

如果你有額外的資源，你會不會剛好就覺得可以把這個機會交給她試看看？

我始終是那種會去做事情的個性。

在那十八個月裡，利用上班時間所寫下的韓劇改編小說有《我叫金三順》、《布拉格戀人》、《我的女孩》、《悲傷戀歌》，同時我也做了其他一些書名文案發

想。滿好的兼差，還不錯的業餘收入，而且完全不影響我下班後看棒球比賽或者和朋友聚餐。再說我利用上班時間專心寫稿的畫面也讓老闆很開心，覺得薪水給得很值得：看看她，多麼認真在寫文案哪，明年給她加薪好了，她說上班就是要上網閒晃找靈感那就給她破例通融好了！

對不起。

為什麼突然提起這些呢？因為這些都是往後我重回專職寫作的資本。雖然薪水不高，基本上就只夠當個月光族而已，但是因為兼差，所以我的銀行存款依舊微微增加，我的小說手感依舊維持，並且，我的腦子裡有個故事在蠢蠢欲動，吵著叫囂著想要被寫被看到。我那十八個月裡都在寫別人要的東西，當個稱職的寫手，我越寫越寂寞。真的。

我不快樂。

不快樂，卻又裹足不前。

我有必要再提一次草莓果醬和白吐司還有周轉下個月房租嗎？

那麼，我又是怎麼長出決心的呢？

雪莉，或者其實她的名字是陳懿瑱，往後大家都喊她懿瑱老師。

她是我如果可以重來一次，會選擇重回那十八個月的原因之一，我始終當她是個理想的姊姊，這理想的姊姊總是在上班的時候把她碩大的胸部放在隔板上，然後我們就這樣閒聊天直到小旋風突然飛進來為止（老是記得這些不正經的畫面對不起）。有次她提到自己學命理，然後因為上班很無聊（老闆，薪水小偷們再一次道歉），於是她開始幫我排命盤，她幫我改了名；她說了些我家族的狀況，像是妳會繼承遺產、妳會嫁給長相好看的人……有些命中了而有些沒有，反正重點是她當時說：

「妳的人生大運是走二十五到三十五歲，妳今年已經二十六了，別待在這裡浪費時間啦。」

「啊，可是我……」

「去去去，別浪費妳的十年大運。」

從結果論來看，偶爾當一次聽話的傻子，就迷信一次也不錯吧？

她後來也離職，專職做命理老師，主攻風水。而我只是在想，如果沒有她當時的推波助瀾，或許我始終會安於現況而錯過了往後的精采也不無可能吧？尤其是《妳在誰身邊，都是我心底的缺》這本我人生中最重要的作品之一，當初猶豫不決，不知道該不該再放手一博、該不該再讓命運來敲門的時候，感謝是妳，推了我那一把。

或許，偶爾脫稿演出的人生其實也滿有趣的吧？

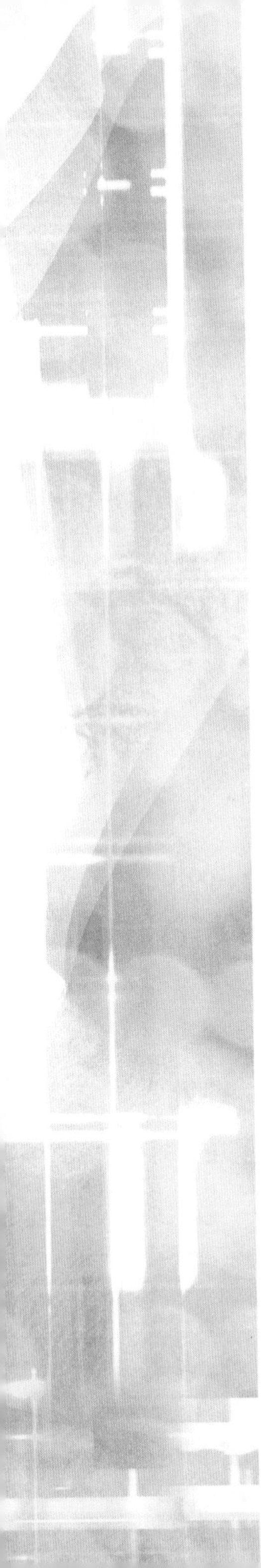

只是好朋友?!以及名字的產地

很多的流言蜚語很多的臆測很多的酸都深深地鑲進我的潛意識裡長成了刺，

長久以來防衛著別人也責備著自己。

抱歉上一篇的情緒有點重，我很誠心地道歉……如果我真的有必要為了受到的傷害而道歉的話。很多的流言蜚語很多的臆測很多的酸都深深地鑲進我的潛意識裡長成了刺，長久以來防衛著別人也責備著自己，直到很久很久以後的遇見，才終於能夠慢慢地化。

所以回答這問題：

憑什麼是妳成功被看見被偏心被接受被喜歡？憑什麼是妳？

實力和努力。

不然咧？

好了我就沉重到這裡。

〇六年底，我帶著忐忑不安但又興奮難耐的心情辦妥離職手續，並且提早解掉租約，終於能夠從那個月租八千的沒有對外窗的潮濕黯淡小套房頭也不回地離開，那可真是我人生中高光時刻的畫面之一，當時也同在那畫面裡的還有王瑞謙，那個曾出現在我書裡的名字，雖然忘記是哪一本小說，不過非常感謝最後他

幫我搬家，以及所有的其他，真的是所有的其他。

那年底在二〇一一度過最後一次的臺北跨年之後，帶著面額二十幾萬的版稅支票和戶頭裡差不多數字的安全存款，就這樣，我搬回臺中爸媽家，決定給自己一年的時間專心寫作，寫我的缺。

直到缺的時期，我都還是沒怎麼認真給小說人物取名字，這是另一個難以解釋的怪癖，又或者是一種腦神經缺陷？現實生活中，我非常笨拙於記住對方的名字，就算記住了也總是會喊錯，是這麼個心腦分離的傢伙，於是這樣的傢伙寫起小說自然也不熱愛給小說人物取名字，早期甚至完全以第一二三人稱取代人物的名字，而這理所當然地造成閱讀上的理解混亂，於是後來就乾脆直接用身邊朋友的名字，沒想到結果卻造成我自己的情緒混亂。

我討厭過的那個小小的地方裡面的少少的人對於這件事情反應出來的態度似乎是說：我在小說裡借用了誰的名字或身分，那就表示我在偷偷喜歡著他／她／牠／它。好可愛的思考迴路。我是說，一本書有那麼多的名字，而我一年寫好幾本小說呢。

有，我有記得我就刻薄到這裡。

好。

那麼，後來是怎麼解決的？

後來兩位同名同姓的林庭羽因為橘書義賣而先後出現在我眼前，搞得我好混亂啊。

「喂喂，妳昨天說妳住臺北，今天又說書要我寄去新竹？」

先說，地名只是隨便的舉例，別往心底去。

那是無名小站的年代，二〇〇七年，年代有點久遠了，所以我忘記帳號是否會附上照片也是自然，實際上就算年代並沒有久遠，我照樣是會自然地忘記。抱歉扯遠了。

總之就這麼陰錯陽差地，我同時認識了兩位林庭羽，接著靈感來了，然後把這名字寫進了《只是好朋友?!》，從此我的書裡幾乎就只用你們的名字，也經常在無名小站發文徵求你們的名字，很感謝是你們，此後我不再需要被誤會他／她／牠／它。

好個完美的結局。

我愛你們。

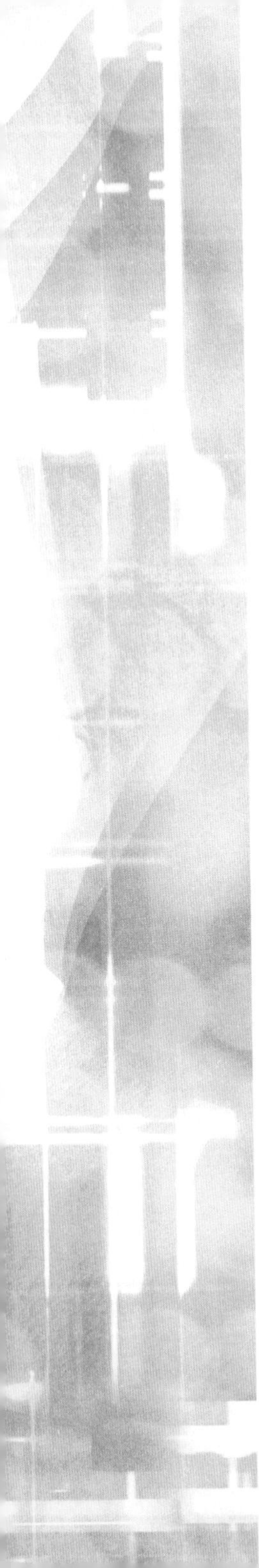

二〇〇七那一年

這種帶給學生終生恐懼的學習，
真的值得他們學習嗎？

那是二〇〇七年七月九日的夜晚，我的龐龐走進我的生命中，牠是一隻被棄養了三次的狗，英國鬥牛犬，沒有人知道牠真正的年齡，在擁有龐龐的那五年，我很確定，如果世界末日到了，我會緊緊抱著牠；如果糧食危機發生，我會把手中最後一份食物讓給牠；如果我必須先走了，我會把財產規畫好，連同牠一起交付給那位獸醫師。

在龐龐走進我生命的那一年，我寫下人生中最重要的三本書：《妳在誰身邊，都是我心底的缺》、《只是好朋友?!》、《我想要的只是一個擁抱而已》。那年我二十八歲，剛滿二十八歲的我收到人生中第一張百萬元支票，我給自己買了一台國產車，而龐龐是車上第一個乘客。那台我買給自己的車，當時我媽叫我讓給弟弟開。

「為什麼?」

「妳弟弟比較會開車。」

讓我告訴你們：沒有那回事。

沒有因為他是男生，所以就比較會的這個道理。那已經是二〇〇七年，臺灣

已經開始有女性副總統，再幾年之後，甚至人民會投票選出女總統。

於是在那不久之後寫下的《我想要的只是一個擁抱而已》，書裡的曹正彥接連問了好幾次為什麼。

為

什

麼

？

曹正彥是我的哥哥，他在剛滿十八歲那年過世，那是我國三聯考前的夏天，車禍發生的同時，我正在教室裡努力低頭寫考卷，很害怕考卷發回來之後要被少一分打一下，數理是我終生的夢魘。

是否這能夠解釋我後來對於身為班上最後一名的迷戀？

或許是某一種抱歉？

而我只是在想：這種帶給學生終生恐懼的學習，真的值得他們學習嗎？

至今我的密碼都還是他生日，這是我想念他的方式。

我的哥哥活過，他的名字是曹正彥。

今天不寫小說

66

——橘子的牢

不能說的祕密

這本書沒有要獻給誰。
但是送給買它的人。
——黃俊郎，這本書。

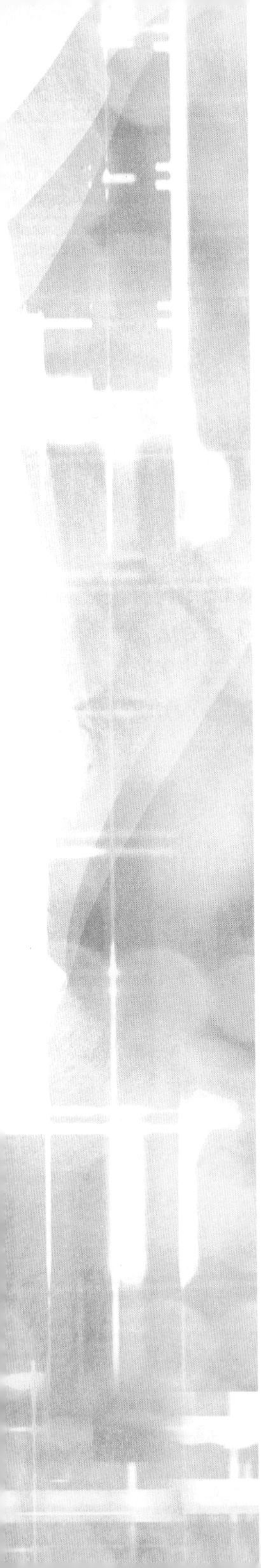

那陣子我總是被問到：

妳有因此看到周杰倫嗎？他本人如何？很屌嗎？

沒有，我並沒有因為寫《不能說的祕密》電影改編小說而看到甚至認識周杰倫本人；甚至把時間軸再往回推，我也沒有因為寫《惡魔在身邊》而看到或認識賀軍翔、楊丞琳以及其他一眾明星們，或許當時主動開口要求或者其他之類的，就可以得到個見面的機會？探班或開會？然後拍照打卡衝人氣？

不曉得，我就始終不是那種個性的人，也輕微地有社交障礙，我想我說過了，但是我很想要再說一次：每次遇到必須社交的場合，我總是會難過想哭、拚命想逃、腸胃跳舞。跳華爾姿。

我唯一看過的明星是彭于晏，場景是電影「基因決定我愛你」的簽書記者會。且容我直言，那還是因為有彭于晏，而且出版社保證他會坐在我隔壁，所以我這個社恐者才欣然出席。喂喂等一下，剛剛不是囉嗦了一堆什麼難受想哭之類的廢話，還好像在擺姿態地說什麼我始終不是那種個性的人嗎？不是一直在聲稱不辦簽書會也不想要接受訪問的低調自閉症人設嗎？怎麼接著又寫了這麼一大段

語意不通的前後矛盾啊？

因為彭于晏啊！大家，男孩女孩們，哈囉？

那是帥了好久的彭于晏啊，就坐在妳隔壁啊，任誰都會因此把社交障礙這東西當場嚼爛吞進胃裡吧？管他腸胃跳什麼舞。

其實別說強顏歡笑去參與簽書會，要我去十字路口指揮交通都可以。

很久很久以後，我那當時念國小的小外甥要舉例帥氣這件事情，他小子的舉例依舊是彭于晏。

「我是中正彭于晏。」

「等一下，這十幾年來都沒有人再帥過彭于晏？」

我好驚訝，而他小子搖搖頭，不確定有沒有聽懂。

抱歉扯遠了。

再容我直言，《不能說的祕密》這本電影小說改寫其實也是扯出來的，當時他們心懷不軌地約我見面吃飯，為的是想要攔胡我的小說出版。而當時不可能讓他們出版下一本小說的我心懷不軌地赴約，則是為了和偶像見面……好，我知道

我有強調過社交障礙。有，我是真的有。

介意我再提一次以前我非常貧窮，以及臺中火車站前的諾貝爾書局嗎？當時很貧窮的我不只曾經在那家諾貝爾書局裡翻找出版社資訊好投稿，也曾經在那裡被黃俊郎的《這本書》給吸引，當時的我就算要因此餓肚子，也想要把這本書買下來帶回家，那書裡有個什麼觸動了我，寂寞、失意，或……不曉得，就是覺得我們很像，這樣。

同

類

。

然而幾年之後，那位寂寞的失意的畫家變成出版社總編輯坐在我對面，聽著這個可怕的迷妹往他耳朵裡倒下一缸子的崇拜。很多年之後他寫歌詞入圍金曲獎、他在電影裡出演而且還是後來變成經典的電影……而最違和的是他講話其實很好笑，真的是脫口秀等級的好笑。

言歸正傳，滿足了迷妹心態並且笑到肚子猖狂疼痛之後，我據實以告：

「真的是不行，我跟春天有合約。」然後我提議：「其實你們幹嘛不出版電影小說呢？」

「吭？」

於是我提了提那幾年出版社韓劇改編小說的操作，再指了指當時就要上映、話題性非常足夠的周杰倫首部自編自導自演電影。我問他們：

「所以幹嘛浪費這個機會？我來寫啊。」

就

這

樣

。

我人生中很多東西，真的都只是就這樣。

題外話一則：

當時受到諸多批評的電影（其實當時的周杰倫不管做什麼都一直受到不符合

比例的諸多批評），後來變成華語電影的經典，就像周杰倫的音樂，還有他自己。

時間都知道。

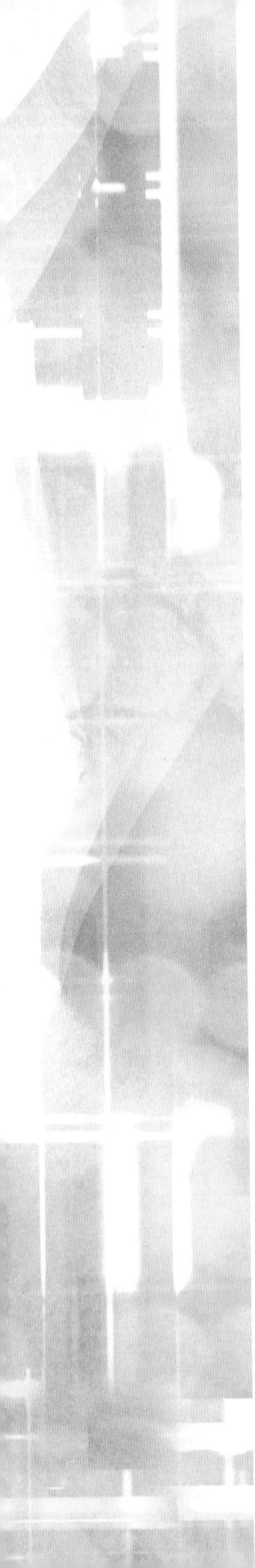

那個講話很快的才子，和擁抱

有些事情在對的時候沒做，
往後就真的更不可能了。

電影劇本也寫過。

那幾年我總是工作場合裡年紀最小的傢伙，每次和編輯一起出現時，也總是她被誤為是橘子，而我是她的編輯。實不相瞞，每次遇到這種情形時，我都在心底樂得吹口哨。

是這麼一個壞心眼的傢伙，我，很喜歡看對方尷尬。

而那個講話很快的才子則是那幾年我在工作場合中第一個遇到年紀比我小的人，他那時候還胖胖的很稚嫩，經常話講著講著好像就沒了信心似地，聲音變得小小的，終至默默消音。那時候的他，面對大人世界，彷彿有點氣餒，但又同時依舊懷抱著fuck off的英雄感。他講話真的很快，眼神始終看著自己的前方，總是面無表情地丟出資訊量龐大的談話內容，講笑話時也老是像背誦課文，總而言之，就是一個很典型的才子怪咖，那種漫畫裡會出現的電影導演的樣子。

而實際上他就是個電影導演。

當時他找我幫他寫劇本，所謂的我幫他寫劇本，就是他把腦子裡的構想告訴

我，讓我文字化，然後擴充成為一個故事大綱，然後人物簡介，然後時地人對白三角形……這樣。可惜我們當時就只停留在故事大綱這階段而已。（九成的機率是這樣，當時的我已經習慣了這定率）（幕後創作者們真的很心苦，請好好對待他們好嗎？拜託！）對於這結果，我並不怎麼意外或者失望，畢竟先前寫偶像劇劇本時已經被震撼教育過，反而我比較失望的是，十年後我試著把他當成小說人物寫進書裡時並不怎麼成功。十年後我已經掌握不到當時對他的感覺，那些很珍貴的人格特質和思考模式，以及其他。

十分小說人物的一個人，當時很年輕的，他。

有些事情在對的時候沒做，往後就真的更不可能了。

無論如何，他依舊是我遇過的高端聰明人之一，當時他很快地看了幾本我的小說（我很少遇到看書比我快的人）（有夠佩服），然後精準地捉重點指出某本書的某個誰，那人物原形是真實生活中的某某某，他在某個綜藝節目中訪談時說起自己的糗事，接著那糗事就這麼變成我那本小說的橋段。

「對吧？」

他問我。

而我看著他，眼底是笑意，和佩服。所謂暢快地活著，指的就是這個吧：妳的創作不只是被懂而已，妳甚至還被看透了。

那本書在臺灣的累印量是六萬兩千本，被翻閱率應該乘幾倍呢？不曉得，我數學不好，但很確定這本書是我的小說中經常被提起的作品，然而這件事情，卻始終只有他發現。

我總是非常崇拜那些腦袋很聰明的人。

這位聰明的才子後來捉住機會西進中國大鳴大放，在西進中國之前，他給當紅的女歌手拍了個MV，非常有資源地請了大咖男明星出演，那是非常有質感的MV，那是有故事情節的MV，那MV裡的故事情節好像我的某本小說畫面喔。

沒事，算你厲害。

我的榮幸。

惜才。

所謂的人才這人類，就是我們遇到時，請好好愛惜並且不要傷害也不要生他

們氣的人類，因為才華很重，重到他們自己經常接不住，好嗎？

後來我把那胎死腹中的故事大綱變形，把原先他設定的同年同月同日生但是命運卻大不同的男女主角（男主角越順利，女主角就越衰小，反正亦然）（其實就是電影全民超人吧？）（怎樣？就你會看透靈感的來源？）改成了《我想要的，只是一個擁抱而已》裡的曹正彥、蕭雨萱和蕭凱軒。

而至於洛希，嗯。

我始終沒能寫出屬於她自己的故事。

就始終是讓她守在永恆不變的無名咖啡館裡，等著你們再一次翻閱、再一次想起，安靜地，不被打擾地，守著、記著。

有些事情在對的時候沒做，往後就真的更不可能了。

《我想要的只是一個擁抱而已》這本書在二〇〇七年年底出版，那是我寫作轉折點的開始，在它之後，我終於成功褪下網路小說作家的身分。

單就臺灣出版市場，這本書的總銷量就超過十萬本，我光是因為這本書，就收入幾百萬版稅。在我寫完這本小說的隔年，我把家裡的房貸幾乎償還完畢，與此同時，我的爸爸媽媽叫我自己買房子搬走，把房間讓給即將結婚的弟弟住，就因為我只是個女兒。

我不會是唯一一個被這麼重男輕女差別對待的臺灣女兒，但希望我能夠是最後一個，但願這種既傳統又過時的古老觀念，能夠就此終止在我們這一代。

一開始效仿痞子蔡的橘子，則發展出與眾不同的「都會寂寞」，橘子的寂寞書寫從角色的人際疏離開始，無論是家庭、友誼或愛情，都能見角色與人之間的距離。書寫策略受小說族與村上春樹的影響，語調使用上較不帶感情，平淡的書寫方式以及斷裂式視角的設計，加上出版社的實體書包裝行銷，作品的個人特色強烈，在彷彿未建立女性敘事的網路愛情小說中，因為橘子作品的特殊性

太清晰，並且長年受到讀者歡迎，回頭影響其他女性作者，轉型書寫都會寂寞。網路社群的轉變，使得BBS上相互轉載的串連影響不再，卻因為出版暢銷的緣故，橘子成為另一個「蔡智恆」，影響其他網路愛情小說作者的書寫。

出版媒介與性別化的書寫位置：臺灣網路愛情小說發展歷程（1998-2014）
指導教授：陳國偉
研究生：李文瑄
國立中興大學臺灣文學與跨國文化研究所
碩士學位論文
中華民國一〇五年二月

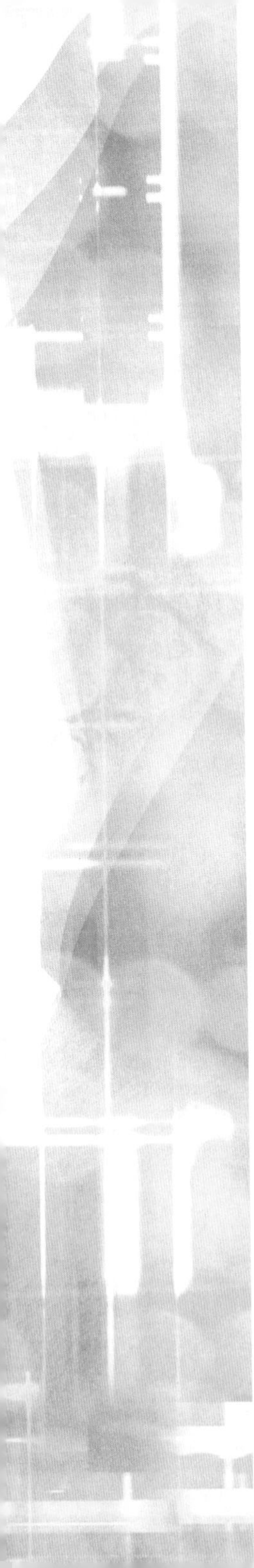

下輩子，換你當我的孩子

彷彿我們再一次回到最初，
在那個最初，是他抱著我，教我走，
而這個最後，是我扶著他，慢慢走。

整天都沒開口說上幾句話是什麼感覺呢？

在憂鬱症的那幾年，我終於知道那是非常難過的，你什麼都看到了，但你什麼也看不進眼底；你什麼都聽到了，但你什麼都聽不進心底；你還是能說的，但你什麼都不想開口說了。你只想把整個世界關起來。

你丟失了你的五感，雖然依舊能夠如常生活，但總也活得像是自動導航模式，活得那麼事不關己。你的世界裡沒有他人，你的世界裡甚至也沒有自己。荒蕪。

後來我有點覺得，那或許就是我父親這輩子的總結。

在慢慢整理遺物的那段日子，有天我看著父親當兵時的照片，照片裡是他和幾位同袍，他正靦腆害羞地對著鏡頭微笑。當下我的感覺是驚訝，很驚訝原來我的父親會笑。另一張照片是我們小時候的全家福，我的小姑姑也一同入鏡。小姑姑八歲那年就父母雙亡，她也可以說是父親和母親一手帶大的半手足半小孩。於是在那張實質上的全家福照片裡，父親和小姑姑站在中心點的位置，已經長大成人的小姑姑青春美麗且笑容甜蜜，她身旁的父親雖然一臉嚴肅，但看得出來他對

當時的自己很是驕傲，很滿意自己創造出來這麼個大家庭，而一家之主換成是他，終於不再是那個酗酒外遇散盡家財又有暴力傾向的他爸爸。他終於能夠在自己的家裡面感覺到安全。

他是怎麼從那個笑容靦腆的少年，變成一臉嚴肅的大家長？終至變成孩子們回憶裡那個沉默寡言、影子般存在的老人？

不曉得，也沒敢問。

只聽說，我小時候，父親一起床就要跑來抱我親我，像是很高興他能夠擁有第二個女兒，很確定我性格裡的任性妄為恃寵而驕絕對得算他一份，更或許長大之後雖然變成一個凶巴巴的現實女人，卻始終很習慣輕易地撒嬌，對任何人撒嬌，甚至是對我養的狗撒嬌，這點是否也源自於小時候的習慣養成？

我國中時非常凶狠地叫女兒上樓換掉身上穿著那件很短的熱褲的父親；我高職時騎腳踏車被鄰居的狗追而嚇哭回家告狀，立刻奪門而出找鄰居理論的父親；我長大後他難得講了個冷笑話，惹得女兒咯咯笑而因此突然臉紅到不知所措的父親；在我們父女倆和龐龐相依為命的那一個月裡，早起幫女兒遛狗、晚餐被厭倦

外食的女兒叫去炒高麗菜而搖頭嘆氣但還是走進廚房拿起鍋鏟的父親；有一次很滿意地說起自己早年命苦但是越老越好命的父親；外出用餐時隨口說出女兒選的那家餐廳並不好吃於是被女兒瞪，此後每家餐廳每次都改口說很好吃的父親……

我的父親。

他的女兒。

我們。

始終保持著疏離的父親在晚年生病時卻像個很乖的孩子，這比喻絕對不恰當，不過，是的，這就是那一年我照顧父親時的心情：他始終就還是個孩子，明明很害怕，卻又不敢說出口的孩子，很乖的孩子。

這很乖的老孩子在出院時，眼睜睜看我把他的存酒還有香菸丟掉，頭低低地，連一句話也不敢說；這很乖的老孩子總是準時坐在客廳等著我帶他去醫院複診或者治療；這很乖的老孩子起初甚至不敢踏進診間面對醫生，於是我得在短短的幾秒鐘消化完那些壞消息，接著在起身轉頭推開診間大門時整理好心情，並且

思考該怎麼婉轉地告訴他；這老孩子後來癌症又復發時，在診間裡流著眼淚問醫生：我都有吃藥啊，菸酒也都戒掉了啊，怎麼會這樣？

這老孩子最後還能稍微自主行動的那段日子，已經開始習慣讓我牽著他走，彷彿我們再一次回到最初，在那個最初，是他抱著我，教我走，而這個最後，是我扶著他，慢慢走。

「來，慢慢走，不要緊。」

或許，下輩子，換你當我的孩子。

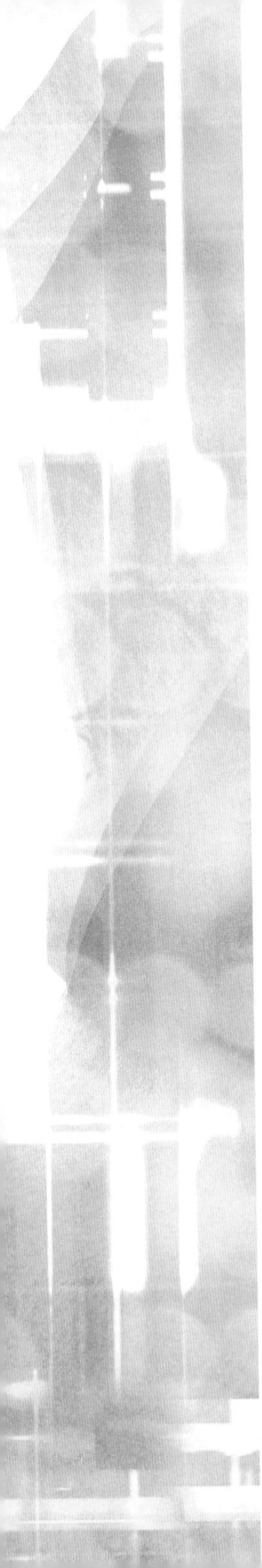

寂寞不會

或許這本書，是我寫給自己的情書。

寂寞不會傷害你，但是你自己會。

這是《寂寞不會》的文案，這個文案發想是有次我收到一則私訊，私訊的內容是他說想要去死。那幾年我經常收到這類訊息，有的內容很長，有的內容很短，然而不論是何者，後來我的回應大概都只是簡單一句：去散步。

其實當時最需要散步的，或直接說，最需要發出求救訊號的人根本就是我自己也不無可能。那時候我已經開始嚴重耳鳴，左耳總像是有人在打鼓似地咚咚咚響個不停，彷彿心臟直接長在我的左耳膜，尤其是夜深人靜時，那博動性耳鳴更是清晰，堪稱折磨。當然也曾經去大醫院做過檢查，然而檢查的結果是一切正常。

「妳的聽力也沒有受損。」

「可是醫生，它好吵啊，吵得我沒辦法睡覺啊。」

醫生聳聳肩膀，他也愛莫能助，他就只是個醫生，又不是上帝。

後來我才知道，當時我應該看的是身心科，那幾年我的症狀完全就是自律神

經失調（請注意我指的是症狀，有的身心科醫生不認為那是疾病），首先我總是覺得喉嚨卡卡的，有異物感，而胸悶心悸是家常便飯，不，應該直接說是如影隨形吧。還有，每次打開電腦時總是會開始眩暈，我還以為是電磁波這方面的事情，以及當然，失眠這個熟悉的老朋友（媽的）。然而很矛盾的是，當時的我照樣能夠攤開紙拿起筆就開始沙沙沙地寫不停，有幾次還是在無意識的狀況下，例如明明是完稿之後的休息期間，正在無所事事地看著影片或什麼的時候，手卻突然自己動了起來，手它自己拿起紙筆就開始沙沙寫起，最討厭的是它居然還語意挺通暢；又或者睡眠途中下床寫作，隔天醒來看到書桌上攤開著紙筆才知道：喔，又來了。

如果我當時能夠察覺自己的種種失常，並且正確就醫的話，後來或許就不會變成憂鬱症了吧？然而很誠心地說，如果是為了《寂寞不會》這本書，如今的我還是會很願意延誤那個正確就醫的時機。我很喜歡我的《寂寞不會》，如果不是因為寫下這本書，那麼我會真心覺得，自己的寫作生涯其實好好地停留在二〇一〇那一年就好，我應該去過別的人生了。

總之，在那樣的身心狀況下，我完全能夠掌握住黃浩琳那絕望又無助的內心，他知道自己不會再好起來了，他甚至很抱歉這樣的自己居然還被好好地愛著。寫著黃浩琳時，我很清楚地知道，自己已經不再只是當年寫著《不哭》時那個為賦新辭強說愁的小女生。實際上，事隔多年再次回看這個角色以及當時寫著他的我自己，依舊能夠感覺到那種奇異的非現實感：世界就如常在你眼前展開，只是顏色淡了一點。

那是個褪色的世界。

或許，《寂寞不會》是我寫給自己的情書，也不一定吧。

困境

第一顆安眠藥的滋味

實際上，我就是在醫生的幫助之下，
終於擺脫了安眠藥的控制。
所以，為自己跨出那一步，好嗎？

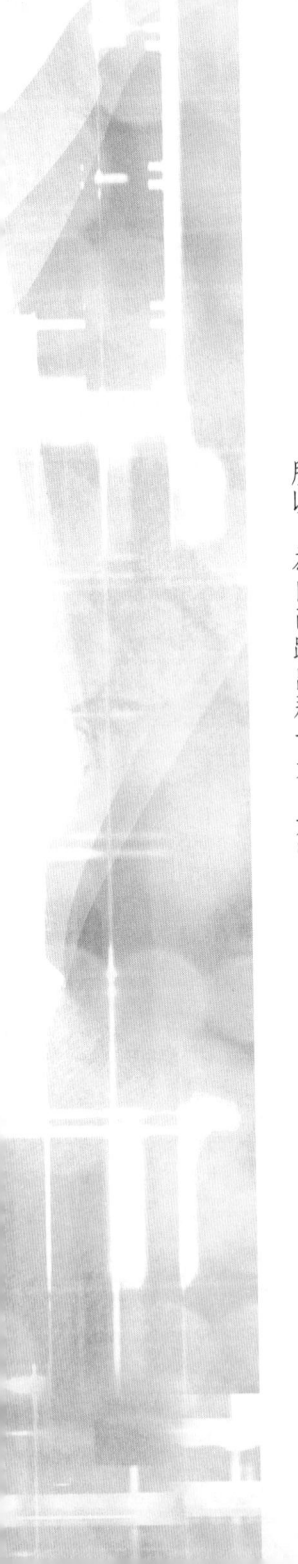

你們相信直覺嗎?我很相信。

例如第一次見面是在隨機組團進行一些愚蠢的遊戲，那時候我就知道和眼前這個高個子應該有緣，結果我們有緣到不只是同班同學，連高職和高餐都念同一所學校，僅僅相差一屆，住的地方還距離不遠。然而，除了一位共同的朋友之外，我們記憶中的人事時地物卻完全對不上邊，例如籃球隊。

「我們學校只有幾個男生而已，怎麼可能會有籃球隊。女子排球隊我倒是記得有。」

「沒有女子排球隊。妳是指高餐嗎？」

「欸?不是啊，她們是我的高職同學。」

真是一團亂。

後來他滑開手機的一張舊照片，那的確是張籃球隊的照片。

「妳猜哪一個是我？」

好難。

「沒關係，連我媽都認不出來。」

「哈哈哈哈哈哈哈哈。」

有夠好笑，如果我還在寫小說的話，這段絕對要寫進去，好朋友系列，那是當然。

當然以上那一大段都只是鋪陳，為的是這個永恆的提問：

你們相信男女之間有純友誼嗎？

對於這個大量、反覆出現在我作品中的議題，在排除寫小說的狀況之下、我自己是這麼認為的：

我曾經相信有，我後來有一點失去信念，而如今人到中年的我很篤定。

我相信從朋友變成情人，也相信從情人變回朋友，更相信永遠的只是好朋友；我還相信心存正念則能永保安康。而至於那些總是喜歡在背後嚼舌根無中生有八卦別人的傢伙，或許真的就只是非常欠缺滋潤，但又沒有勇氣開口，於是性格扭曲到只剩舌根的無能為力吧。

同樣感覺一見如故的還有她，我在研究所第一個認識的朋友。

那是開學第二週的第一堂課，整個人都還在頭昏腦脹地適應摸索和消化，在

這樣資訊量過於龐大而消化不良的狀況下，我打開教室的門，而她就坐在那裡，我們保持距離各自安靜待著，席間有個跑錯教室的學姊衝進來又衝出去，然後我走出去接了個電話，最後當我重新走回教室時，那種奇異的一見如故感就來了。

我問她：

「這堂課是某某某嗎？」

「對啊。」她說：「妳要不要換來這邊坐？老師會站在那裡上課，這樣妳脖子會很痠。」

「好。」

完全無法解釋為什麼我當下整個人就放鬆下來了，但是我可以試著稍微形容一下那種畫面，那種友情上是一見如故，愛情上是一見鍾情的畫面：

眼前的世界依舊紛鬧吵雜，而你也在各種忙或煩，但是突然間你的耳朵連帶你的心安靜了下來，除了對方之外的其他顏色都淡了一階，此時你的無意識會告訴你，或許你們前世相遇過。

是的，我是個相信前世今生的人。

很難想像以前是翹課成精的三秒翹，現在會變成提早去學校待著等上課，就為了和同學閒聊天，而就是在這種上課前的閒聊氛圍中，有次我們從減肥一路聊到安眠藥。

「除非真的嚴重影響到生活，例如上班遲到或者工作出錯甚至行車安全之類的，否則能不吃就不吃，真的。」

我說，然著開始敘述起人生中第一顆安眠藥的滋味。

「那時候睡覺變成一件很可怕的事情，每天大概九點多看完球賽，或聚餐結束回家準備梳洗時，我就會開始感覺到沮喪和焦慮，擔心今天會不會又睡不著、是不是又要睜眼到天亮。」

當時在嘗試過所有的中藥、針灸、泡腳、奇異果汁、運動……都徒勞無功之後，終於有一天，我鼓起勇氣走進家醫科診所。

「那天晚上我感覺到前所未有的幸福感，我是說，天啊，居然立刻就睡著了！還一覺到天亮！跟妳講，那時候如果孔劉和安眠藥讓我只能二選一，我絕對會選擇安眠藥。」

我鏗鏘有力地說，但是她好像不太相信。

好啦，我自己也不信。

當然是孔劉啊。

我的安眠藥經驗：

醫生通常不願意開安眠藥給你，但最後還是只能照辦，我遇過的醫生都這樣，不論他是哪一科，他們都不贊成使用安眠藥。起初醫生會給七天份，而那是非常足夠的，畢竟沒有人一開始就直接打算每天吃一顆，我們都是從半顆開始，而且都決心只在偶爾有需要的時候才吃。漸漸地，我們會在半夜三點下床吃藥，後來終究變成每天睡前直接服用，慢慢地，從半顆到一顆的劑量，因為抗藥性這道理，於是你的劑量會越來越重，這過程或許就半年。

而徹底戒除安眠藥之後，我才發現，儘管現在還是會有睡不好的時候、半夜醒來什麼的，不過早晨總算是會自然清醒過來，雖然可能會因為睡不好而感覺疲累，但是依舊好過使用安眠藥時每個雖然能夠睡去但是無法自然清醒的日子，在那樣的日子裡，若是遇到必須早起的時刻，就得要仰賴朋友的晨喚電話了。

所以依靠安眠藥的睡眠品質好嗎？我很懷疑。睡是睡了，但總是越睡越久，醒來時也腦霧很重，渾渾噩噩，經常得要花很久時間才能夠慢慢清醒過來，那幾年若是遇到必須開車的日子，我甚至會提早兩個小時起床醒腦，是的，就只為了醒腦。

好累的生活。

所以，找出你失眠的原因，從根本上改變，或者就醫諮詢，請問醫生除了使用安眠藥之外，我們還能怎麼幫助自己。實際上，我就是在醫生的幫助之下，終於擺脫了安眠藥的控制。

為自己跨出那一步，好嗎？

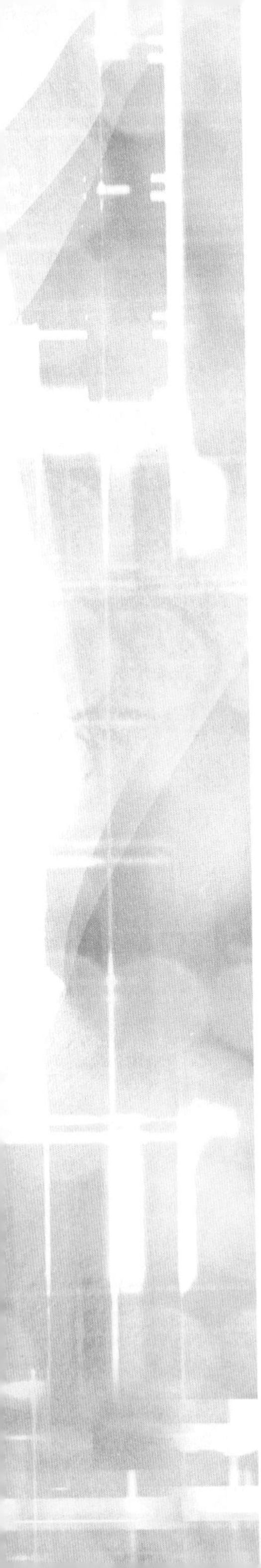

那些所謂的為你好

每個人都會有不好的時候，
那又沒關係。

很久以前，那個女的對我說：

「現實生活已經很苦悶了，妳去寫高富帥和白富美的愛情故事啦。」

「妳可以自己去寫。」

抱歉有點凶。

長久以來，對於那些打著我是為妳好而不請自來的建議、行為或干涉，我都有點過激反應地凶，很討厭不去理解就自以為是還自以為能夠下指導棋的，那些人。

人到中年之後，我最大的心得是，當別人沒有問你意見時，就請不要開口建議對方。就是傾聽和陪伴，如果可以的話。

不過這的確也帶出一個問題，為什麼從不歌頌美好的我的小說，甚至是我這個人會被市場接受？我始終沒想過這個問題，實際上，我總是在想著很多事情但就唯獨漏掉這個問題，甚至也不怎麼認為這是個問題，直到很久很久以後的那次奇異的談話。

「妳有很紅嗎？」

「你有禮貌嗎？」

然而也確實是在那次的談話之後，我開始思考這個問題，也想起她曾經轉達給我的那段對話。

「妳不要再看橘子的書了，那對妳不好。」

「我的憂鬱是我自己的事，關橘子屁事。」

哇嗚，這妹子好辣，而且她又長很正。

好啦，言歸正傳，那是非常傷人的一句話，彷彿憂鬱症者是自帶瑕疵的意味，彷彿身而為人，的確是該抱歉；但同時卻又非常高明地只用一句話就否定兩個人。他好厲害。

而我只是在想，或許我的作品會被接受、喜歡、購買甚至是珍藏，其中一個原因就是我的小說裡不會有他那種人，不會有以上帝視角來否定所有脆弱、失意和難過的人，也沒有自以為是地為你好，如果有的話，大概也會是反派。不，實際上我的書裡幾乎沒有過反派。

每個人都會有不好的時候，那又沒關係，而寫出這些小說的人，她經常就是會有不好的時候，所以遇到不好的時候，就暫時把世界關起來，待在我的小說裡

緩一緩，沒關係。

在那裡，你可以被理解，你有同伴，不孤單。

再說，人生又不是套公式。

好嗎？

有時候我會寫到我身邊的一些人，他們活著，吸收這個城市的廢氣，對我笑，跟我吵架，轉身離開，變成我不認識的人。

總是要在一段時間之後，我才明白，當初寫他們，就已經開始對他們告別。

張惠菁。

告別。

洪範書局。

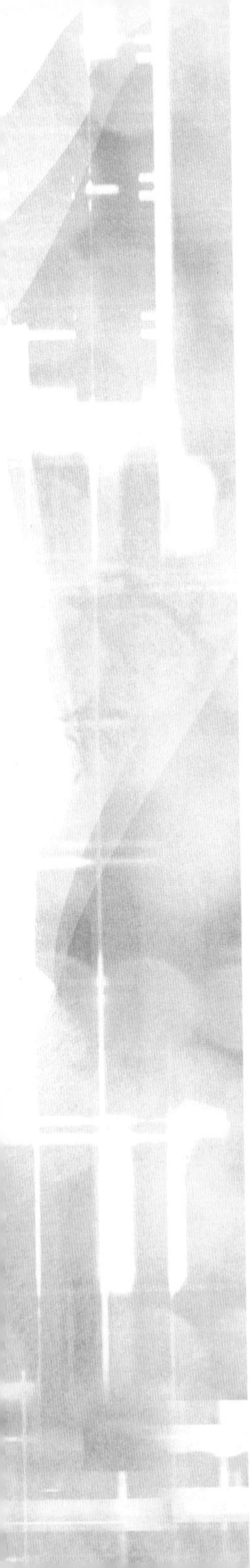

把一切都搞砸的那幾年

如果把憤怒剝開來往裡看，
它的基底情緒其實是無助。

別擔心，我現在康復了沒事了，不過那幾年是真的很不好。首先，我自己沒有病識感，而且覺得憂鬱症很負面很失敗，根本就與我無關。我當時自滿到了極點，認為自己的人生很成功，三十歲前名利雙收，三十歲時就在為退休生活做財務規畫，並且所有那些任性妄為大概都可以被合理化成作家的藝術性格，有時候太禮貌太友善太親和還會被責難：這不像妳！

我當時真心認為自己唯一的問題就只是失眠而已，而失眠本來就是現代人的通病，那又沒什麼。

然而我的朋友卻不這麼認為，有次她轉述某位圖文書作家朋友的感覺，說那位圖文書作家讀了我的小說後，認為我有憂鬱症。當下我很不高興。

「妳跟別人在背後討論我的隱私，然後還講給我聽？」

你們這些人空虛到聊天內容只剩下拿別人的隱私當話題？有沒有勇氣聊自己呢？聊聊妳那只剩表面的婚姻？聊聊她那一個個錯誤的決定？

她他牠它祂。

我發了一頓大脾氣，然後就這麼把對方封鎖刪除，連一句解釋或再見，甚至

是責難也沒有，就這麼直接從她的世界裡消失，儘管那是認識了好久的朋友。很久很久以後我才遲遲地意識到，或許她那整段對話只是個鋪陳，為的是希望我去看醫生，或者做些什麼生活上的改變，不要再如此耽溺還不自知。

她不是我第一個封鎖刪除的好朋友，往後那幾年我會一直重複這個行為，搞砸所有的關係，只為了一點點小事，直到我的世界終究只剩下我自己。

我也對醫生發脾氣。

當了一陣子的伸手牌，直到朋友意識到情況開始不對，拒絕再分送安眠藥給我之後，終於，我不得不自己去看身心科。第一次走向身心科的感覺是害怕，很害怕在候診處會有各種奇怪的人發出奇怪的聲音做著各種奇怪的事情，而角落的警衛還手拿著乖乖衣，準備好隨時衝向誰把他綁好帶走，事實證明並沒有，我只是電影看太多了而已。很正常的診間，就和大醫院裡的其他科別一樣，而且候診的人數甚至還比較少呢。

都一樣的醫生，都一樣的問診方式，不正常的人反而是我自己。

他為什麼開抗憂鬱和抗焦慮的藥給我？我只是失眠而已耶。他幹嘛那樣！

領完藥後，我在電話上和朋友發脾氣，回家後也直接把藥丟進垃圾筒，我那時候真的好生氣。隔週換了一位醫生看診時，還不忘氣嘟嘟地又抱怨了一次，想想其實滿白癡的，因為她是一位年輕的女醫生，而那位是她上司。瞧瞧我當時多麼地白目。

無論如何，我的漫漫治療之路就這麼展開。

年輕女醫生拒絕開立我指定的史蒂諾斯，因為我會夢遊。我那時候很後悔問診時據實以告，我是說，其實也不嚴重，並沒有危及生命安全，就是有幾次吃了藥以後，以為睡著了，卻又走下床寫作或者亂打電話傳簡訊，並沒有什麼出門開車或者打開冰箱狂吃的症狀，也還好吧？

但是她並不這麼認為。

總之我們就開始試藥。

各種藥物開始在我的腦子裡各種作用。

在最初或許半年左右的時間裡，我們一直在換藥，我的情況一直不太對，例如有次等紅燈時，什麼前言後語也沒有，我卻開始對著交通號誌嘰咕笑，嚇了身

邊的友人一跳。

「妳突然笑什麼？」

「我也不知道，我控制不了。」

又或者走著走著我的左半邊卻開始抽搐。

「妳有覺得我的肩膀在抽動嗎？」

我甚至還得停下腳步問友人。當時我不只肩膀在抽動，我是整個左邊肩膀和手臂都在抽動。

往後看臺劇「我們與惡的距離」時，我才知道原來大概是那回事。

也有過幻聽和幻覺。

我聽到房間門口有不存在的聲音由遠而近，那是我姪子和姪女唱歌的聲音，但是那一天他們並沒有回來；我看見床上出現電影神隱少女裡的卡通黑煤炭，很立體地就在床上睜著大大的眼睛瞪著我，我瞪回去，轉身繼續睡；我有次突然用五歲小女孩的聲音跟他講話，前言不對後語。

我還差點摸了陌生人的胸部。

那是那幾年照例在金色三麥吃飽喝足搭公車回家的尋常夜晚，我選了靠窗的座位，身邊走來一個講著手機的女生，我用餘光瞄她一眼，就立刻決定要討厭她，因為她嗓門很大、音線聒噪，連談話內容都粗鄙到令人煩躁。

「好想換位置。」

才這麼想時，我的左手突然伸了出來，看似就要往她的胸部摸去。

「為什麼?!」

當時我真的得用盡力氣伸出右手去捉回左手，才能阻止那股奇怪的力量。

「真的有股氣流推著我的左手！好可怕！」等回神之後，我差點沒嚇哭，趕緊和友人通話保持冷靜。「我根本就不想摸她胸部，我甚至想要她走開。」

「妳下次拿衣服來，我叫我媽幫妳收驚。」

「好。」

原本不相信鬼神之說的我，在當時那簡直是走投無路的絕望左右之下，甚至連符水都願意喝。當時連符水都願意喝的我，在往後那幾年，嚇得晚上都不敢再出門。

我怎麼了？

我失控了。

我怎麼辦？

我從感覺到自己在下墜，變成真的正在下墜中，我當時並不知道谷底在哪裡，我後來很慶幸自己在谷底安安靜靜地陪伴自己，那些好的、不夠好的，以及那些壞的、很壞的，所有的自己，都在那裡好好地練習接受，且同意。

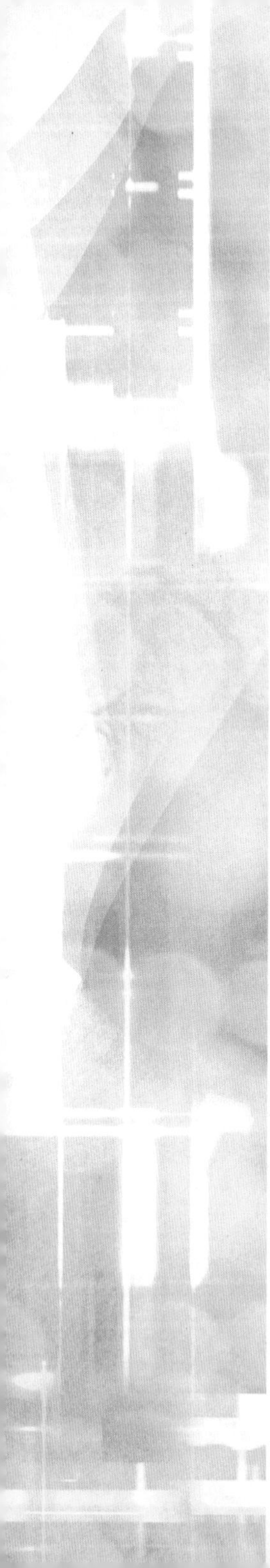

結果還是寫了

但願我們都能夠被這個世界溫柔以對。

還是有好的時候。

那一年很多人問我，為什麼那本散文書換了出版社發行？其實很單純的就是我當時在迷戀那位邀稿的編輯，那是長相非常迷人又熱衷衣著和旅行的一個男人，他對於寫小說懷抱著某種程度上的憧憬，但是不知何故，在那邊認為自己不會。

「總覺得很難。」

「其實很簡單。」

你腦子裡已經有故事了對不對？每個躍躍欲試想要創作小說的人都這樣，心中絕對都已經有個故事想說想寫想被看到被知道，唯一缺乏的就是去寫去做去投稿，或者，被推一把。

而好事者我就推了那一把。

「而且寫小說很過癮，在寫作期間，我經常都覺得自己是上帝，我是說我可以決定所有的事情，誰生誰死誰愛誰離誰是被愛的又誰永遠愛不到，或者那個會死的不好看的傢伙要用現實生活中哪個討厭鬼的名字。尤其重點是，結局就是老娘說了算。」

這說法好像有打中他。

不過一個小提醒：不要隨便在喜歡的男生面前自稱老娘。

後來老娘沒有成功愛到那位男士，倒是因此激發出《但其實我們》這小說，寫作的過程幾乎是毫無雜念且輕鬆愉快地一氣呵成，懷抱著這樣的心情所寫出來的痞痞的賤賤的甜甜的浮誇小說，以及，是的，我再一次覺得自己是上帝，在那或許三個月左右的寫稿期裡。

那位男士後來也成功解鎖寫小說的人生願望清單。向生命許願，真的，就算宇宙沒有回應你，你身邊的人也會推你一把。這就是所謂自我實現的預言。當然，前提是請真誠待人。

而，或許有人會想問：是否真的存在文人相輕這現象？

不曉得，我認識的作家不多，不過那些少少的認識的作家或者編輯們，大家都很願意幫對方一把，這是很多年以後的現在，從谷底走出來的我，所認知到的事情。

而至於那些不好的時候，如今回頭看好像也都還好了。

當然，在回臺北的統聯車上因為恐慌症發作而以為自己就要死掉了，於是想要叫司機回頭送我去醫院是丟臉的，不過最後我並沒有那麼做，而是自己躲在車上小小的廁所裡拚命呼吸，因此往後都拒絕再搭乘客運。還好的是，在那不久之後，高鐵就完工了。

還有，在高速公路開車時突然恐慌症發作而整個人僵直無法動彈，導致方向盤歪斜車體也偏離路線而被後方的車子狂按喇叭是危險的，然而當時坐在副駕駛座、同樣也會開車的人卻可以繼續裝沒事地處變不驚我也是佩服。於是我總是在想，究竟把小孩教得太乖太聽話，乖到聽話到他們幾乎被剝奪了自我判斷的能力，這真的是種好教育嗎？

韓國世越號船難是否還不足以警惕？

以及，是的，那一次被體諒的溫柔。

那次和友人出遊旅行，在北上的高速公路某路段，那大大的神像突然映入我眼簾時，不知怎的，我又犯了恐慌症，緊急請友人在下個休息站停車後，我熟練

地往喉嚨裡灌進一整瓶礦泉水，藉此穩定我的交感神經。

「我夢過那個。」我說：「我夢過那個神像，好像是有關我爸的夢，剛剛一時間反應不過來，有點錯亂，以為我走進夢裡了。哎，好丟臉。」

「沒事啦，走進夢的場景，本來就很可怕。」

他說。

嘿，我們要當一輩子的好朋友，好嗎？

關於恐慌症。

我想補充說明的是，據說那是不會痊癒的事情，不過就我自己而言，我已經很久沒有經歷過了。我很清楚地記得最後一次發作的情景，那是家教的畫畫課，在74號快速道路上，塞車，然後，突然地，我又覺得很慌，疑似犯恐慌。

我開開關關車窗，我慢慢慢慢調息，嗯，漸漸地，沒事了。好，繼續開車，回家。

我只是想說，此時的我，寫著這本散文書的我，幾乎每天，如果情況可以的話，我都會開車上國道六晃晃，有時候我會下車停留，有時候我不會。曾經令我

害怕的隧道，就只剩下把墨鏡拿下來直接開過去的一鼓作氣；曾經令我害怕的如果又突然恐慌症發作了怎麼辦的思考迴路，則是目前為止都還沒有發生過。

套用一句我的老師講過的話：

所有會變動的人事物都是假的，恐慌症是假的，它可以生，也可以滅，它可以存在，也可以消失，它可以困擾我好幾年不敢開車上高速公路，也可以如今我拿回自己的駕駛權，每天都開上國道六和山對話，如果時間允許的話。

而如果那是假的，你又何必害怕？甚至為此捨棄許多美好的人生經驗？

但願我們都能夠被這個世界溫柔以對。

復康

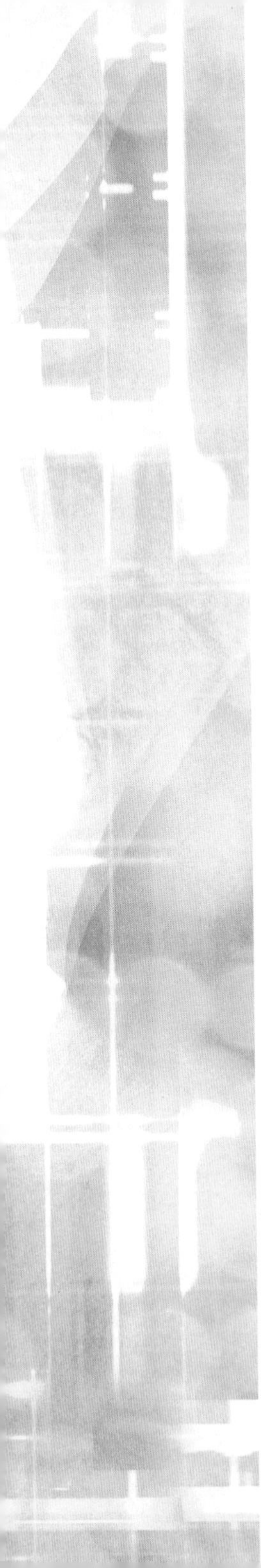

病識感

那不是個容易回答的問題，
那或許也不是個需要被回答的問題。

從知道到做到，本來就需要時間。

這是二〇一二那一年我寫在《寂寞不會》裡的一句話，沒想到幾年後在某種程度上拯救了我自己。

那一年我換了醫生，或許是厭倦了醫院裡的候診間，或許只是因為她的一個眼神不對，不曉得，那一年我看什麼做什麼都不對，那一年我還是寫了很多的小說開頭但又一直斷稿，其中有一本，甚至都寫了兩萬字，然而卻只能無能為力地中止。我眼看著自己下墜。

如果棒球選手有投球失憶，那麼我這叫作寫作失憶嗎？我還是能寫，始終有靈感，可是我腦子霧霧地使不上力，套句腦霧這名詞出現之前我在書裡的寫法：我的腦子鬆掉了。我什麼都做不好，整天都在暈眩，出門搭公車，或者被接送，願意出門見面的朋友越來越少，我的世界越來越小，我沒覺察到自己過得不好。我眼看著自己下墜。

從知道到做到，本來就需要時間。

我換了一家方便拿藥的診所，那家診所的醫生只管開藥不太問診，我覺得這

樣很好，反正我也並不想要再跟任何陌生人說話。我重新吃回史蒂諾斯，我覺得沒差，只是在很偶爾的時候，難免還是會問自己：

「妳是不是不想要康復？」

誰會不想要康復？只是那時候的我很氣餒，很氣餒反正這個不會好，或許它就是天生的，或許它就寫在我的基因裡，所以我是能怎樣？都是我的錯？

那時候我氣餒地被護士量體溫驚呼：妳在發高燒。

「喔。」

反應也只是這樣子而已。

所以我是能怎樣？都是我的錯？

從知道到做到，本來就需要時間。

那一年我因為胃炎在診所的廁所裡嘔吐，雖然頭重腳輕，但還是沒忘記稍微打掃一下再離開，除此之外，就沒怎麼把胃炎當回事；那一年我放棄了很多有毒的長久關係；那一年我連寫作這件事都放棄；那一年我每天都昏睡超過十個小時；那一年我整星期只上兩堂瑜珈課，以及和她固定每週見一次面，記得那時候

我問過她：

「我只是打個比方，比方說我們固定每週這時間在這裡見面，每次都點一樣的白醬海鮮義大利麵和兩杯啤酒，固定到連服務生都記住我們了。

「可是有一天，我突然沒出現，妳打我手機也沒接，因為我把手機丟進車站的垃圾桶，連 sim 卡也拔掉折斷那樣子謹慎的程度。那麼，妳會知道怎麼找到我嗎？」

「我就打電話去妳家。」

「我家沒有裝電話。」

「我會打去妳媽家。」

「那妳呢？如果換成是妳的話，我該怎麼找到妳？」

我忘了她怎麼回答我，或許她當時並沒有回答我。那不是個容易回答的問題，那或許也不是個需要被回答的問題。

後來，我連那樣的友情都捨棄時，才終於遲遲地意識到，我生病了，真的生病了。

我需要幫助。

始終是病識感這件事。

而關於病識感，這裡還有個故事。

她的弟弟是個工程師，已婚育有一子，他兒子很可愛，把頭髮燙得捲捲的，好像時下流行的韓國男明星，有次在愛樂園遇到她弟妹和她侄子，我偷拍他照片傳訊息給她，回家後她說：

「我姪子問妳怎麼不跟他拍合照？」

「那他會幫我簽名嗎？」

「哈哈哈哈哈。」

是這樣一個普通而又和樂的家庭。

然而有一天，她弟弟在上班時間走向公司的頂樓，而當時正巧他姊姊打電話給他，手機響起，而他接起，他這才回過神，意識到自己剛剛差點就要往下跳。

「他怎麼了？」

「工作壓力太大。」

他憂鬱到都不知道自己憂鬱了。

如果當時沒有那通正巧的來電呢？

其實這才是憂鬱症的麻煩之處：沒有病識感。

所以呢？妳還要說現代這社會憂鬱很正常，妳也別太鑽牛角尖，妳是不是太把自己當回事啦？

或許憂鬱者還要跟您鞠躬道個歉，說「身而為人，我很抱歉」？

不是這樣的，當然。

而，我只是在想，如今的我真的是這樣想：其實那不只是下墜，那是降落，讓你好好地落地，雙腿扎根，站直，站好，站穩，然後，繼續走。

那麼，妳是怎麼康復的

Make something happen.

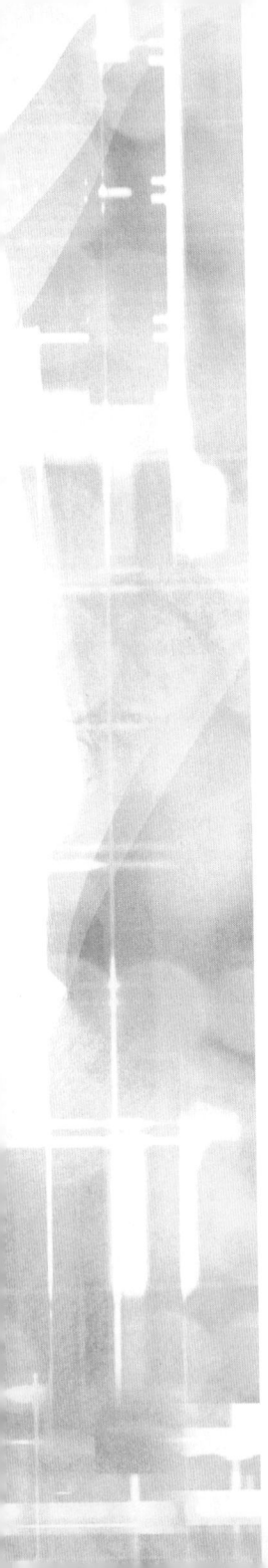

「我的認知出問題了。」

那是個天氣很好的下午，我坐在那間新開幕的身心科診所裡，對著醫生據實以告，同時也對自己誠實：我的心生病了，而我需要幫助。你可以幫幫我嗎？

我很喜歡那個診間，診間裡是一張長長的大桌子，桌子上就乾乾淨淨的一台電腦和一些紙筆，病患的位置正對著那扇大窗戶，窗戶外是繁忙的街景，窗戶內是安安靜靜談話的我們。每當坐在那張椅子上的時候，經常我都會有種錯覺，錯覺自己是在說給那扇窗聽，而醫生只是剛好坐在這畫面裡而已。

一個，很令人放鬆的地方，也是，很適合決定康復的地點。

就是在那家診所裡，候診時默讀著醫生名片上的經歷時，我第一次真的接觸到正念這門功課，而往後，我會因此認識我的老師，開始不只是生理上的復原，連同心理上的亦然。

當時我們確定好先試著減藥，再終至完全戒除，醫生說：

「那不容易，妳慢慢來，不要有壓力。」

「好。」

那的確是件不容易的事，戒斷的反應很不舒服，心悸痛醒，腦子不再是渾渾噩噩地起霧，而是完全性地混亂罷工，我從沒想過，我當時會連最簡單的素描都聽不懂。其中最困難的是必須面對反覆失敗的這個挫折，好不容易減量了，結果卻又因為焦慮而回到原點，吃回原來的劑量。那很氣餒。

抗焦慮藥和有毒關係真像，它能在短時間內解除你的焦慮，讓你感到舒服，可是當你決定離開它時，它會加倍奉還。

雖然那期間一直在反覆失望氣餒，好幾次也因此亂發脾氣，不過終究，不放棄就贏，而是的，我是個很喜歡贏的人。

我不害怕失敗，可是同時也很愛贏。這不矛盾。

學會失望，你就學會人生。其實那本小說，我想講的，就只是這件事情而已：

學會失望，你就學會人生。

我們的做法是先用抗焦慮藥取代史蒂諾斯，接著再逐步減量，同時我自己也同步調整生活作息和心態，並且認真檢視生活上是否應該根除哪些不良的習慣。

結果還真不少，例如毫無節制的咖啡和綠茶，以及毫無節制的飲用時間。尤其是社群媒體，真的。

取而代之的是閱讀大量心理書籍，記得到了最後，我甚至開始讀起腦神經科學這方面的書籍，科學其實還滿有趣的。同時我也開始記錄自己的用藥，在記錄之初，我每天吃兩顆贊安諾和一顆酣樂欣，總是半夜才睡，然後中午醒來；在記錄的最後，我已經逐漸只需要半顆贊安諾，而最終最困難的最後一哩路是完全戒除贊安諾，因為那很明顯只是心理上的依賴感。

「其實我也知道自己並不需要那半顆贊安諾，但是不知道怎麼，我就是會吃它，就算是睡前決心不再吃，但之後還是會跳下床吃它。」

「妳快成功了，我接著會開抗憂鬱的藥給妳備用，我開給妳的劑量很輕，完全不足夠解決憂鬱症，不過它不會成癮，妳可以把它當成安慰劑。」

「好。」

好，我說。然後想起前幾年光是從醫生口中聽到憂鬱症這三個字就大發脾氣的我自己。

Make something happen。

以及曬太陽，是的，身為失眠過來人的我，認真覺得這件事情是個關鍵點。

這是一位日本醫生在書裡的推薦，大概意思是，難以入眠者可以選擇早上曬太陽，而半夜會醒來的人，則應該曬黃昏的日照，總之是促進褪黑激素分泌那方面的道理。雖然當時我並沒有辦法早起曬太陽，不過沒事，我就曬曬黃昏的日照，順道改成在那時間遛狗，總計半小時到一小時的時間，就這樣送走每一天的日落，也送走每一天的憂鬱。

然後漸漸地，我可以醒來的時間越來越早，醒來也總是神清氣爽。

最終，我居然可以排定上午的回診時間之後，我真的真的坐在那個安安靜靜的診間，行禮如儀地和醫生討論我的下一個問題，同時在心底，對著那扇大窗戶微笑：嘿，我做到了。

Make something happen。

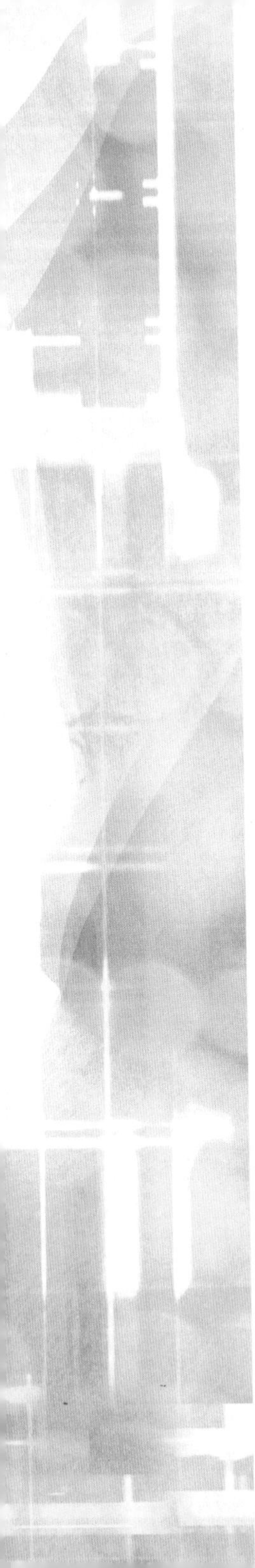

或許是因為這樣

嘿，不要被這個世界吞沒了。

最糟的時候我都沒有放棄瑜珈。

那一週兩次的瑜珈課曾經是那幾年的我和現實世界唯一的連結，上課完全不用說話是重點，這相當符合當時完全自閉的那個我。很喜歡在播放著輕音樂的大教室裡，一邊做著伸展體位或肌力鍛鍊，一邊聽著老師閒聊天，說著她的家人啦她去爬山啦她最近胖了一點要努力瘦回來啦……這類的閒話家常，以及，是的，她總是會毫不厭倦地再三強調，做不到沒關係，瑜珈不是比賽，請不要因為隔壁同學很厲害會劈腿就逞強弄傷了自己，她們只是先學會而已。

慢慢來，沒關係。

我第一次上她的瑜珈課是我爸生病那一年，那年我三十二歲，當時三十二歲的我真的真的很努力回想，截至目前為止的人生中，她是不是第一個告訴我做不到也沒關係請不要逞強傷害了自己的人？

好像是喔。

在那之前，我遇見過的他們就是一直在比誰厲害然後打分數以及拚排名，當你終於厲害到成為第一名之後，他們還會繼續比賽你可以在第一名這位置待多久。他們就是一直要，要更多，而當時的我也是。已經擁有很多，卻還想要更

多。我們曾經如此貪得無厭地活著，最終也被貪婪所吞沒。

沒關係，就覺醒，再康復。

康復中的第一件事情是走出去。

我跨出的第一步是重新回去上畫畫課，說起來很丟臉，不過以前的我是只要沒人陪就會乾脆放棄的個性，最誇張時，甚至連打電話給陌生人的這行為都要友人代勞，簡直就是個重度依賴症患者。而那堂畫畫課則是我跨出去改變自己的第一步，同樣也是因為很喜歡那個畫畫老師的關係。

有時候我會看著她，然後想像二十年後的我自己是不是那樣。接著感覺到安心：所以還是能夠用自己舒服的方式好好地活下去嘛。

我們的個性很像，都大刺刺地很粗魯，有幾次我靠她太近看示範，還被水彩噴到衣服；我們老是忘東忘西的，不得不四處找東西，而且最後通常是別人幫我們找到的；我們經常話說著說著就冒犯了對方，雖然不是故意的，也並沒有惡意，不過還是好尷尬；我們很習慣和保護者個性的人變成好朋友，或許是出自於生存本能的選擇，以及，是的，都很討厭死守框架的乖乖牌作風。

她最常在課堂上修改作業時痛罵：

「你畫得太乖了！」

「你不要一直學我的畫。」

「啊是不會變通喔？」

她其實滿凶的。

而我從來就不是那聽話的學生，也經常忘記要保持禮貌，在求學階段，除了國小導師之外，幾乎沒有被任何老師喜歡過，而她是第二個。

那是速寫課，當時第一次拿起黑色代針筆在水彩紙上畫畫的我，就如同很久以前第一次拿起筆寫小說的自己：喔，這個我會。

我無法解釋為什麼，但是不用解釋，她好像就知道。

她都知道。

「妳以前學過？」

「沒有。」

「下次多畫幾張來，妳很有風格。」

於是閒者如我就真的每次都畫好幾個版本過去，有幾次，還有點故意地想看她生氣。我知道那是畫畫課，而我畫了水滴字過去，整張畫只有一點點漸層可以勉強稱得上是畫畫，我眼看她就要發脾氣，於是很快樂地說：

「我很喜歡這個，但不知道怎麼玩。」

「對！要用玩的！」

她整個人嗨起來。

當然，也有被她整回去的時候。

她秀了一手粉彩畫，美得要死，她說要教我們，可是又一直忘記，於是趁著那堂寫生課時，我拿出粉彩提醒她。

「老師，妳不是要教我們畫粉彩？」

她眼帶笑意看著我，我當下想起十八歲那年，三行字自傳的班導師那眼底的笑意，看得我心底發毛啊！果真，她依舊很快地畫完講解完，然後說：

「妳下次上課交一張這個來。」

「我最好是看一次就學會啦！」

她好快樂。

當然，按照慣例，我還是準時交了那張粉彩作業，畫得很爛，但是好玩。

文字可以反映出作家的狀態，畫作也是，在她課堂上的我的畫作都很胡鬧。

「妳要繼續畫，」她不只一次對我說，「妳的作業呢？等一下我要看。」

「妳不是說不用交作業也可以。」

「還頂嘴！」

以及，是的，「妳要繼續保持妳的風格。」

好。

但願我二十年後依舊是那樣的大人。

〔藤井樹說〕

這是個像是讀後感想的東西

這是個像是讀後感想的東西，寫的是讀完橘子這部散文集的感想。

一個寫小說出身的天后寫了一堆不是小說的東西，然後她私下用Line把這些東西傳給我，我還真一口氣沒停下來地看完了，越看越覺得好奇，好奇她這些近乎裸奔的文字和片段卡接的人生，為什麼願意讓我這個對她來說還不熟悉的人看？

重點是，她還約我一起裸奔。

從小在學校上課，國文課本裡就有好多過去好幾個世代的作家寫的散文作品被當成課文，我在想，梁實秋如果年輕個八十歲，他那篇〈鳥〉就會變成一篇鳥店的業配文；而朱自清也年輕個八十歲的話，他爸爸要買橘子應該會去家樂福，就不需要冒著生命危險翻過月台的柵欄。

散文記錄著作者真實的人生，不管遮掩幾分，在某種程度上都像裸奔，赤裸

地告訴你我曾經發生過哪些的什麼什麼，又怎麼怎麼，最後那樣那樣。

就我來看，橘子花了多少力氣說服自己把這些寫下來，我不知道。而她又花了多少力氣決定要出版，我也不知道。不過她用輕描淡寫的筆觸面對她某一段重如泰山的日子。我在她不刻意排版（還是那其實是刻意的排版？）的擁擠段落中找到一些她沒那麼想說，但是沒寫出來整篇文章就不成立的句子，好像同時看到她沒想好後果，並只拿出一半的勇氣就義無反顧地寫下去的執著，而沒勇氣面對裸奔結果的那一半就……聽天由命。

好啦，我就陪妳裸一段吧。

比起妳承認身體和心靈生病的勇氣，我只是個來陪妳上台表演的人而已。